Translated Language Learning

Alice's Adventures in Wonderland

Alice Harikalar Diyarında Maceraları

Lewis Carroll

English / Türkçe

Down the Rabbit Hole
Tavşan Deliğinden Aşağı

Alice was beginning to get very tired
Alice çok yorulmaya başlamıştı
she was sitting by her sister on the grass bank
Çimenlikte kız kardeşinin yanında oturuyordu
but she had nothing to do
Ama yapacak hiçbir şeyi yoktu
her sister was reading a book
Kız kardeşi kitap okuyordu
once or twice Alice peeped into the book
Alice bir ya da iki kez kitaba göz attı
but the book had no pictures or conversations in it
Ama kitapta ne resim ne de konuşma vardı
"what use is a book without pictures?," thought Alice
"Resimsiz bir kitap ne işe yarar ki?" diye düşündü Alice
"why would a book have no conversations?"
"Bir kitapta neden hiç konuşma olmaz ki?"
but she had other things to consider

Ama düşünmesi gereken başka şeyler de vardı
"making a chain of daisies would be a pleasure"
"Papatyalardan zincir yapmak tam bir zevk olurdu"
"but is it worth the effort of getting up and picking the daisies??"
"Ama kalkıp papatyaları toplama çabasına değer mi?"
this was not so easy to think about
Bunu düşünmek o kadar kolay değildi
because the day was making her feel sleepy and stupid
Çünkü gün onu uykulu ve aptal hissettiriyordu
but suddenly her thoughts were interrupted
Ama aniden düşünceleri kesintiye uğradı
a White Rabbit with pink eyes ran close by her
pembe gözlü bir Beyaz Tavşan yanına koştu

There was nothing overly remarkable about the rabbit
Tavşan hakkında aşırı dikkat çekici bir şey yoktu
and Alice did not think the rabbit remarkable either
ve Alice de tavşanın olağanüstü olduğunu düşünmüyordu
nor did it surprise her when the Rabbit spoke
Tavşan'ın konuşması da onu şaşırtmadı

"Oh dear! I shall be too late!" he said to himself
"Ah canım! Çok geç kalacağım!" dedi kendi kendine
but then the Rabbit did something that rabbits didn't do
ama sonra Tavşan, tavşanların yapmadığı bir şey yaptı
the Rabbit took a watch out of its waistcoat-pocket
Tavşan yeleğinin cebinden bir saat çıkardı
he looked at the time and then hurried on
Saate baktı ve sonra aceleyle devam etti
Alice got to her feet, in amazement
Alice şaşkınlıkla ayağa kalktı
she had never seen a rabbit with a waistcoat before!
Daha önce hiç yelekli bir tavşan görmemişti!
nor had she ever seen a rabbit with a watch!
ne de saatli bir tavşan görmüştü!
Alice was burning with a new curiosity
Alice yeni bir merakla yanıp tutuşuyordu
and she ran across the field after the Rabbit
ve Tavşan'ın peşinden tarlada koştu
she was just in time to see the rabbit disappear
Tavşanın ortadan kaybolduğunu görmek için tam
zamanındaydı
the rabbit hopped down into a large rabbit-hole
Tavşan büyük bir tavşan deliğine atladı
In another moment, down went Alice after the rabbit!
Başka bir anda, Alice tavşanın peşinden gitti!
The rabbit-hole went straight on like a tunnel
Tavşan deliği bir tünel gibi dümdüz ilerledi
and the tunnel kept going for some distance
Ve tünel bir süre daha devam etti
and then the path suddenly dipped down
Ve sonra yol aniden aşağı indi
Alice had not a moment to think about stopping herself
'Alice'in kendini durdurmayı düşünecek bir anı bile yoktu
she found herself falling down and down and down
Kendini aşağı, aşağı ve aşağı düşerken buldu
it seemed as if she had fallen down a very deep well
Sanki çok derin bir kuyuya düşmüş gibiydi

Either the well was very deep, or she fell very slowly
Ya kuyu çok derindi ya da çok yavaş düştü
because she had plenty of time to fall
Çünkü düşmek için bolca zamanı vardı
as she was falling she could look all around her
Düşerken etrafına bakabiliyordu
First, she tried to make out where she was going
Önce nereye gittiğini anlamaya çalıştı
but the well was too dark to see anything
Ama kuyu hiçbir şey göremeyecek kadar karanlıktı
then she looked at the sides of the well
Sonra kuyunun kenarlarına baktı
and she noticed that there were cupboards all around her
Ve etrafında dolaplar olduğunu fark etti
and all around the well were book-shelves
Ve kuyunun her tarafı kitap raflarıydı
here and there she saw maps and pictures hung upon pegs
Orada burada çivilere asılı haritalar ve resimler gördü
She took down a jar from one of the shelves as she passed
Geçerken raflardan birinden bir kavanoz çıkardı
the jar was labelled for its content
Kavanoz, içeriği için etiketlendi
"MARMALADE MADE FROM ORANGES"
"PORTAKALDAN YAPILAN MARMALADE"
but, to her great disappointment, the marmalade jar was empty
Ancak, büyük hayal kırıklığına uğramasına rağmen, marmelat kavanozu boştu
she did not want to drop the empty marmalade jar
Boş marmelat kavanozunu düşürmek istemedi
and her fall was very slow
Ve düşüşü çok yavaştı
so she managed to put the marmalade jar into one of the cupboards
Böylece marmelat kavanozunu dolaplardan birine koymayı başardı
Down, down, down she fall!

Aşağı, aşağı, aşağı düşüyor!
Would the fall ever come to an end?
Düşüş hiç sona erecek miydi?
There was nothing else to do
Yapacak başka bir şey yoktu
so Alice soon began talking to herself
bu yüzden Alice kısa süre sonra kendi kendine konuşmaya başladı
"Dinah will miss me very much tonight, I should think!"
"Dinah bu gece beni çok özleyecek, sanırım!"
Dinah was Alice's cat
Dina, Alice'in kedisiydi
"I hope they'll remember her saucer of milk at tea-time"
"Umarım çay saatinde onun süt tabağını hatırlarlar"
"Dinah, my dear, I wish you were down here with me!"
"Dinah, canım, keşke burada benimle olsaydın!"
Alice felt that she was dozing off
Alice uyukladığını hissetti
and then suddenly, thump! thump!
Ve sonra aniden, gümbür gümbür! Yumruk!
down she fell upon a heap of sticks
Aşağı bir sopa yığınının üzerine düştü
and she landed on a pile of dry leaves
Ve bir kuru yaprak yığınının üzerine indi
and finally the long fall down the hole was over
Ve nihayet delikten aşağı uzun düşüş sona erdi
Alice was not a bit hurt
Alice biraz incinmedi
and she jumped up within a moment
Ve bir an içinde ayağa fırladı
She looked up, but it was all dark overhead
Yukarı baktı ama her yer karanlıktı
in front of her was another long corridor
Önünde uzun bir koridor daha vardı
and the White Rabbit was still in sight
ve Beyaz Tavşan hala görüş alanındaydı
he was hurrying down the corridor

Koridorda aceleyle ilerliyordu
There was not a moment to be lost
Kaybedilecek bir an bile yoktu
off ran Alice like the wind
Alice rüzgar gibi koştu
around the corner turned the rabbit
Köşeyi dönünce tavşan döndü
she was just in time to hear the rabbit
Tavşanı duymak için tam zamanındaydı
""Oh, my ears and whiskers"
"Ah, kulaklarım ve bıyıklarım"
"how late it's getting!"
"Ne kadar geç oluyor!"
She was close behind the rabbit
Tavşanın hemen arkasındaydı
she turned around another corner
Başka bir köşeyi döndü
but the Rabbit was no longer to be seen
ama Tavşan artık ortalıkta görünmüyordu
She found herself in a long, low hall
Kendini uzun, alçak bir salonda buldu
the hall was lit up by a row of ceiling lamps
Salon bir dizi tavan lambası ile aydınlatıldı
There were doors all around the hall
Salonun her yerinde kapılar vardı
but all the doors were locked
Ama bütün kapılar kilitliydi
she walked all the way down one side of the hall
Koridorun bir tarafından aşağıya doğru yürüdü
and she had walked all the way up the other side of the hall
Ve koridorun diğer tarafına kadar yürümüştü
she had tried every door
Her kapıyı denemişti
and she walked sadly down the middle of the hall
Ve üzgün bir şekilde salonun ortasından aşağı doğru yürüdü
"how am I ever going to get out again?"
"Bir daha nasıl dışarı çıkacağım?"

Suddenly she came upon a little table
Aniden küçük bir masaya rastladı
the table was made entirely of solid glass
Masa tamamen masif camdan yapılmıştır
There was nothing on the table but a tiny golden key
Masanın üzerinde küçük bir altın anahtardan başka bir şey
yoktu
the key might belong to one of the doors!
Anahtar kapılardan birine ait olabilir!
but, alas! some of the locks were too large for the keys
Ama ne yazık ki! Bazı kilitler anahtarlar için çok büyüktü
and for the other locks the key was too small
Ve diğer kilitler için anahtar çok küçüktü
but, at any rate, the key opened none of the doors
Ama her halükarda, anahtar kapıların hiçbirini açmadı
but what was she to do?
Ama ne yapacaktı?
she went through the hall again
Tekrar koridordan geçti
and this time she noticed a low curtain

Ve bu sefer alçak bir perde fark etti
behind the curtain was a little door
Perdenin arkasında küçük bir kapı vardı
the door was about fifteen inches high
Kapı yaklaşık on beş inç yüksekliğindeydi
She tried the little golden key in the lock
Kilitteki küçük altın anahtarı denedi
and to her great delight, the key fit in the lock!
Ve onun büyük zevkine göre, anahtar kilide sığdı!
Alice opened the door
Alice kapıyı açtı
and she found the door led into a small corridor
Ve kapının küçük bir koridora açıldığını gördü
the corridor was not much larger than a rat-hole
Koridor bir fare deliğinden çok daha büyük değildi
she knelt down and looked along the corridor
Diz çöktü ve koridor boyunca baktı
and she saw the loveliest garden you have ever seen
Ve o şimdiye kadar gördüğün en güzel bahçeyi gördü
how she longed to get out of that dark hall
O karanlık salondan çıkmayı ne kadar çok istiyordu
how she wanted to wander among those bright flowers
O parlak çiçeklerin arasında nasıl da dolaşmak istiyordu
how cool refreshing those fountains looked
Bu çeşmeler ne kadar havalı ve ferahlatıcı görünüyordu
but she could not even get her head through the doorway
Ama başını bile kapıdan içeri sokamıyordu
"Oh," said Alice, mournfully
"Ah," dedi Alice kederli bir şekilde
"how I wish I could fold up like a telescope!"
"Keşke bir teleskop gibi katlanabilseydim!"
"I think I could fold up like a telescope"
"Teleskop gibi katlanabileceğimi düşünüyorum"
"if I only knew how to begin"
"Keşke nasıl başlayacağımı bilseydim"
Alice went back to the table
Alice masaya geri döndü

there was the chance of finding another key
Başka bir anahtar bulma şansı vardı
or there might be a book of rules
Ya da bir kurallar kitabı olabilir
the book could tell her how to fold up like a telescope
Kitap ona bir teleskop gibi nasıl katlanacağını anlatabilirdi
This time she found a little bottle
Bu sefer küçük bir şişe buldu
"this bottle certainly was not here before," said Alice
"Bu şişe kesinlikle daha önce burada değildi," dedi Alice
and tied around the neck of the bottle was a paper label
ve şişenin boynuna bağlı bir kağıt etiket vardı
the label was beautifully printed in large letters
Etiket büyük harflerle güzel bir şekilde basılmıştır
"DRINK ME"
"BENI IÇ"
"No, I'll look first," she said
"Hayır, önce ben bakacağım" dedi
"I'll see whether the bottle is marked as poisonous or not,"
"Şişenin zehirli olarak işaretlenip işaretlenmediğini göreceğim"
because she never forgot the lesson about poison
Çünkü zehirle ilgili dersi asla unutmadı
"if a bottle is labelled poisonous, it's bound to disagree with you"
"Bir şişe zehirli olarak etiketlenirse, sizinle aynı fikirde olmaması kaçınılmazdır"
However, this bottle was not marked as poisonous
Ancak, bu şişe zehirli olarak işaretlenmedi
so Alice ventured to taste the content of the bottle
bu yüzden Alice şişenin içeriğini tatmaya cesaret etti
she found the liquid quite to her liking
Sıvıyı oldukça beğenisine göre buldu
the drink had a sort of mixed flavour
İçeceğin bir çeşit karışık tadı vardı
cherry-tart, custard, and pineapple
Vişneli tart, muhallebi ve ananas

roast turkey, toffee, and toast with hot butter
Hindi, şekerleme ve sıcak tereyağı ile kızarmış ekmek
and she soon finished off the bottle
Ve kısa süre sonra şişeyi bitirdi
"What a curious feeling!" said Alice
"Ne tuhaf bir duygu!" dedi Alice
"I am folding up like a telescope!"
"Teleskop gibi katlanıyorum!"
And she was folding up like a telescope indeed!
Ve gerçekten de bir teleskop gibi katlanıyordu!
She was now only ten inches high
Şimdi sadece on santim boyundaydı
and her face brightened up at her thoughts
Ve yüzü düşünceleriyle aydınlandı
now she was the the right size for the little door
Şimdi küçük kapı için doğru boyuttaydı
now she could go into that lovely garden
Artık o güzel bahçeye girebilirdi
soon she stopped getting smaller
Kısa süre sonra küçülmeyi bıraktı
she decided on going into the garden at once
Hemen bahçeye çıkmaya karar verdi
but, alas for poor Alice!
ama ne yazık ki zavallı Alice!
she got to the door
Kapıya geldi
but she had forgotten the little golden key
Ama o küçük altın anahtarı unutmuştu
she went back to the table for the key
Anahtar için masaya geri döndü
but she found she could not reach high enough
Ama yeterince yükseğe ulaşamadığını fark etti
she could see the key quite plainly through the glass
Anahtarı camdan oldukça net bir şekilde görebiliyordu
she tried to climb up the legs of the table
Masanın bacaklarına tırmanmaya çalıştı
but the glass was far too slippery

ama cam çok kaygandı
eventually she tired herself out with trying
Sonunda denemekten kendini yordu
and the poor little girl sat down and cried
Ve zavallı küçük kız oturdu ve ağladı
Alice spoke to herself rather sharply
Alice kendi kendine oldukça sert bir şekilde konuştu
"Come, there's no use in crying like that!"
"Gel, böyle ağlamanın faydası yok!"
"I advise you to stop right this minute!"
"Şu anda durmanı tavsiye ederim!"
She generally gave herself very good advice
Genelde kendine çok iyi tavsiyeler verirdi
though she very seldom followed her own advice
Yine de çok nadiren kendi tavsiyesine uydu
and she sometimes was too harsh on herself
Ve bazen kendine karşı çok sertti
and her words brought tears into her eyes
Ve sözleri gözlerine yaş getirdi
Soon her eye fell upon a little glass box
Kısa süre sonra gözü küçük bir cam kutuya takıldı
the little glass box was lying under the table
Küçük cam kutu masanın altında yatıyordu
in the glass box was a very small cake
Cam kutunun içinde çok küçük bir pasta vardı
on the cake some words were beautifully written
Pastanın üzerine bazı kelimeler çok güzel yazılmıştı
the words had been marked in currants
Kelimeler kuş üzümü ile işaretlenmişti
"EAT ME"
"Ye beni"
"Well, I'll eat the cake," said Alice
"Pekala, pastayı yiyeceğim," dedi Alice
"and if the cake makes me grow larger, I can reach the key"
"ve eğer pasta beni büyütürse, anahtara ulaşabilirim"
"and if the cake makes me grow smaller, I can creep under the door"
the door"

"ve eğer pasta beni küçültürse, kapının altına sürünebilirim"
"so either way I'll get into the garden"
"yani her iki durumda da bahçeye gireceğim"
"and I don't care which of the two happens!"
"ve ikisinden hangisinin olduğu umurumda değil!"
She ate a little bit of the cake
Pastadan biraz yedi
and she anxiously spoke to herself:
Ve endişeyle kendi kendine konuştu:
"Which way? Which way?"
"Hangi taraftan? Hangi taraftan?"
and she held her hand on her head
Ve elini başının üzerinde tuttu
she wanted to feel which way she was growing
Hangi şekilde büyüdüğünü hissetmek istedi
she was quite surprised to find what had happened
Ne olduğunu öğrenince oldukça şaşırdı
she had remained the same size!
Aynı boyutta kalmıştı!
so this time she doubled her efforts
Bu yüzden bu sefer çabalarını ikiye katladı
and soon she finished off the whole cake
Ve kısa süre sonra bütün pastayı bitirdi

The Pool of Tears
Gözyaşı Havuzu

"This is getting more and more interesting!" cried Alice
"Bu gittikçe daha ilginç hale geliyor!" diye bağırdı Alice
You can see she was very surprised
Gördüğünüz gibi çok şaşırmıştı
"I'm opening out like the largest telescope there ever was!"
"Şimdiye kadar var olan en büyük teleskop gibi açılıyorum!"
"Good-bye, feet! Oh, my poor little feet"
"Güle güle ayaklar! Ah, benim zavallı küçük ayaklarım"
"I wonder who will put on your shoes for you now, dears?"
"Acaba şimdi sizin için ayakkabılarınızı kim giyecek
canlarım?"
"and I wonder who will put on your stockings?"
"ve merak ediyorum çoraplarını kim giyecek?"
"I shall be a great deal too far away"
"Çok uzakta olacağım"
"I won't be able trouble myself about you anymore"
"Artık senin için kendimi rahatsız edemeyeceğim"
Just at this moment her head struck against something
Tam o anda başı bir şeye çarptı
she had reached the roof of the hall
Salonun çatısına ulaşmıştı
in fact, she was now more than two meters tall
Aslında, şimdi iki metreden daha uzundu
and she at once took up the little golden key
Ve hemen küçük altın anahtarı aldı
and she hurried off to the garden door
Ve aceleyle bahçe kapısına gitti
Poor Alice! There was not much she could do
Zavallı Alice! Yapabileceği pek bir şey yoktu
she laid down on one side
Bir tarafa uzandı
and she looked through into the garden with one eye
Ve tek gözüyle bahçeye baktı
but to get through was more hopeless than ever
Ama üstesinden gelmek her zamankinden daha umutsuzdu

She sat down and began to cry again
Oturdu ve tekrar ağlamaya başladı
She went on shedding gallons of tears
Galonlarca gözyaşı dökmeye devam etti
soon there was a large pool all around her
Kısa süre sonra etrafında büyük bir havuz vardı
and the water reached half-way down the hall
ve su koridorun yarısına kadar ulaştı
After a time, she heard a little pattering of feet
Bir süre sonra, küçük bir ayak pırıltısı duydu
she heard the feet coming from the distance
Uzaklardan gelen ayakların sesini duydu
and she hastily dried her eyes to see what was coming
Ve ne olacağını görmek için aceleyle gözlerini kuruladı
It was the White Rabbit returning
Geri dönen Beyaz Tavşan'dı
he was splendidly dressed
Muhteşem bir şekilde giyinmişti
he had a pair of white gloves in one hand
Bir elinde bir çift beyaz eldiven vardı
and he had a large feather fan in the other hand
Diğer elinde de büyük bir tüy yelpaze vardı
He came trotting along in a great hurry
Büyük bir telaşla tırıs tırıs geldi
and he muttered to himself, "Oh! the Duchess, the Duchess!"
ve kendi kendine mırıldandı, "Ah! Düşes, Düşes!"
"Oh! won't she be savage if I've kept her waiting!"
"Eyvah! Onu bekletseydim vahşi olmaz mı?"

When the Rabbit came near her, Alice spoke
Tavşan ona yaklaştığında Alice konuştu
but she spoke in a low, timid voice
Ama alçak, ürkek bir sesle konuştu
"sir, please stop what you're doing for one moment"
"Efendim, lütfen bir an için yaptığınız şeyi durdurun"
The Rabbit startled violently
Tavşan şiddetle irkildi
he dropped the white gloves and the feather fan
Beyaz eldivenleri ve tüy yelpazeyi düşürdü
and he scurried away into the darkness as fast as he could
Ve elinden geldiğince hızlı bir şekilde karanlığa doğru koştu
Alice picked up the feather fan and gloves
Alice tüy yelpazeyi ve eldivenleri aldı
and she kept fanning herself while she kept talking
Ve konuşmaya devam ederken kendini yelpazelemeye devam etti
"Dear, dear! How strange everything is today!"
"Canım, canım! Bugün her şey ne kadar garip!"

"yesterday things went on just as usual"
"Dün her şey her zamanki gibi devam etti"
"Was I the same when I got up this morning?"
"Bu sabah kalktığımda ben de aynı mıydım?"
"But if I'm not the same, there is another question"
"Ama eğer aynı değilsem, başka bir soru var"
"Who in the world am I?"
"Dünyada ben kimim?"
"Ah, that's the great puzzle!"
"Ah, işte büyük bulmaca bu!"
As she said this, she looked down at her hands
Bunu söylerken ellerine baktı
she was wearing one of the rabbits little white gloves
Tavşanların küçük beyaz eldivenlerinden birini giyiyordu
she hadn't noticed she put the glove on while talking
Konuşurken eldiveni giydiğini fark etmemişti
"How can I have done that?" she thought
"Bunu nasıl yapmış olabilirim?" diye düşündü
"I must be growing small again"
"Yine küçülüyor olmalıyım"
She got up and went to the table to measure her height
Ayağa kalktı ve boyunu ölçmek için masaya gitti
she found that she was now about half a meter tall
Şimdi yaklaşık yarım metre boyunda olduğunu fark etti
and she was still shrinking rapidly
Ve hala hızla küçülüyordu
She soon found out what the cause of the shrinking was
Kısa süre sonra küçülmenin sebebinin ne olduğunu öğrendi
the feather fan was making her smaller again!
Tüy fanı onu tekrar küçültüyordu!
and she dropped the feather fan hastily
Ve tüy fanını aceleyle düşürdü
she dropped the feather fan just in time to save herself
Kendini kurtarmak için tüy fanını tam zamanında düşürdü
had she fanned herself any longer she would have shrunk away entirely
Kendini daha fazla havalandırsaydı, tamamen küçülürdü

"That was a narrow escape!" said Alice
"Kıl payı bir kaçış oldu!" dedi Alice
and she was a good deal frightened at the sudden change
Ve bu ani değişimden çok korkmuştu
but she was very glad to find herself still in existence
Ama kendini hala var olduğu için çok mutluydu
"And now, off to the garden!"
"Ve şimdi, bahçeye!"
And she ran with all speed back to the little door
Ve tüm hızıyla küçük kapıya geri döndü
but, alas! the little door was shut again
Ama ne yazık ki! Küçük kapı tekrar kapandı
and the little golden key was lying on the glass table again
Ve küçük altın anahtar yine cam masanın üzerinde yatıyordu
"Things are worse than ever," thought the poor child
"Her şey her zamankinden daha kötü," diye düşündü zavallı çocuk
"I never was so small as this before, never!"
"Daha önce hiç bu kadar küçük olmamıştım, asla!"
As she said these words, her foot slipped
Bu sözleri söylerken ayağı kaydı
and in another moment there was a great splash!
Ve başka bir anda büyük bir sıçrama oldu!
she was up to her chin in salt-water
Çenesine kadar tuzlu suyun içindeydi
Her first idea was that she had somehow fallen into the sea
İlk fikri, bir şekilde denize düştüğüydü
However, she soon realized what she was in
Ancak kısa süre sonra ne içinde olduğunu anladı
she was in a pool of tears
Gözyaşı havuzunun içindeydi
the tears she had wept when she was two meters tall
İki metre boyunda olduğu zaman döktüğü gözyaşları

Just then she heard something
Tam o sırada bir şey duydu
something was splashing about in the pool
Havuzda bir şey sıçrıyordu
the splashing came from a little way off
Sıçrama biraz öteden geldi
and she swam nearer to see what the splashing was
Ve su sıçramasının ne olduğunu görmek için daha da yaklaştı
she soon saw that it was only a little mouse
Kısa süre sonra onun sadece küçük bir fare olduğunu gördü
the little mouse had slipped in to the water too
Küçük fare de suya girmişti
Alice thought to herself about the situation
Alice kendi kendine durum hakkında düşündü
"Would it be of any use to speak to this mouse?"
"Bu fareyle konuşmanın bir faydası olur mu?"
"Everything is so up-side-down down here"
"Burada her şey çok tepetaklak"
"I should think very likely this mouse can talk"
"Bu farenin konuşabilme ihtimalinin çok yüksek olduğunu

düşünmeliyim"
"at any rate, there's no harm in trying"
"Her halükarda denemekten zarar gelmez"
So she began trying to talk to the mouse
Bu yüzden fareyle konuşmaya başladı
"Oh Mouse, do you know the way out of this pool?"
"Ah Fare, bu havuzdan çıkış yolunu biliyor musun?"
"I am very tired of swimming about here, Oh Mouse!"
"Burada yüzmekten çok yoruldum, Ah Fare!"
The mouse looked at her rather inquisitively
Fare ona oldukça meraklı bir şekilde baktı
the mouse seemed to wink with one of its little eyes
Fare küçük gözlerinden biriyle göz kırpıyor gibiydi
but the little mouse said nothing
Ama küçük fare hiçbir şey söylemedi
"Perhaps the mouse doesn't understand English," thought Alice
"Belki de fare İngilizceyi anlamıyordur," diye düşündü Alice
"I dare say it's a French mouse"
"Bunun bir Fransız faresi olduğunu söylemeye cüret ediyorum"
"perhaps this mouse came over with William the Conqueror"
"belki de bu fare Fatih William ile birlikte geldi"
So she began again, in French
Bu yüzden tekrar başladı, Fransızca
"Where is my cat?" she asked in French
"Kedim nerede?" diye Fransızca sordu
it was the first sentence in her French lesson-book
Fransızca ders kitabındaki ilk cümleydi
The Mouse gave a sudden leap out of the water
Fare sudan ani bir sıçrayış yaptı
and the mouse seemed to quiver all over with fright
Ve fare korkudan titriyor gibiydi
"Oh, I beg your pardon!" cried Alice hastily
"Ah, özür dilerim!" diye bağırdı Alice aceleyle.
she was afraid that she had hurt the poor animal's feelings
Zavallı hayvanın duygularını incittiğinden korkuyordu

"I quite forgot you didn't like cats"
"Kedileri sevmediğini unuttum"
"I don't like cats!" cried the Mouse in a shrill, passionate voice
"Kedileri sevmem!" diye bağırdı Fare tiz, tutkulu bir sesle
"Would you like cats, if you were me?"
"Benim yerimde olsaydın kedi ister miydin?"
Alice comforted the mouse in a soothing tone
Alice fareyi yatıştırıcı bir tonda rahatlattı
"Well, perhaps I would not like cats if I were you either"
"Eh, belki ben de senin yerinde olsam kedileri sevmezdim"
"please don't be angry about the mention of cats"
"KEDİLERDEN BAHSEDİLDİĞİ İÇİN LÜTFEN
SINIRLENMEYIN"
"And yet I wish I could show you our cat Dinah"
"Ama yine de keşke sana kedimiz Dinah'ı gösterebilseydim"
"if you met her I think you'd take a fancy to cats"
"Onunla tanışsaydınız, kedilere ilgi duyardınız diye
düşünüyorum"
"if you could only see her"
"Keşke onu görebilseydin"
"She is such a dear, quiet thing"
"O çok sevgili, sessiz bir şey"
The mouse was shaking all over
Farenin her yeri titriyordu
Alice felt certain the mouse must be really offended
Alice, farenin gerçekten gücenmiş olması gerektiğinden
emindi
"We won't talk about her any more, if you'd rather not"
"Eğer istemezsen, onun hakkında daha fazla
konuşmayacağız."
"We, indeed!" cried the Mouse
"Biz, gerçekten!" diye bağırdı Fare
the mouse was trembling down to the end of its tail
Fare kuyruğunun sonuna kadar titriyordu
"As if I would talk on such a subject!"
"Sanki böyle bir konuda konuşacakmışım gibi!"

"Our family always hated cats"
"Ailemiz kedilerden her zaman nefret ederdi"
"cats; nasty, low, vulgar things!"
"Kediler; , alçak, bayağı şeyler!"
"Don't let me hear the name again!"
"Adını bir daha duymama izin verme!"
"I won't mention cats again indeed!" said Alice
"Kedilerden bir daha bahsetmeyeceğim aslında!" dedi Alice
she was in a great hurry to change the subject
Konuyu değiştirmek için büyük bir acele içindeydi
"Are you... are you fond of dogs?"
"Sen misin... Köpeklere düşkün müsün?"
"There is such a nice little dog near our house,"
"Evimizin yakınında çok güzel bir köpek var"
"I should like to show you the little dog!"
"Sana küçük köpeği göstermek istiyorum!"
"this little dog kills all the rats and...
"Bu küçük köpek tüm fareleri öldürüyor ve..."
"oh, dear!" cried Alice in a sorrowful tone
"Ah, canım!" diye bağırdı Alice kederli bir ses tonuyla
"I'm afraid I've offended you again!"
"Korkarım seni yine gücendirdim!"
the mouse was swimming away from her as fast as it could go
Fare ondan gidebildiği kadar hızlı yüzerek uzaklaşıyordu
and the mouse made quite a commotion in the pool
Ve fare havuzda oldukça kargaşa yarattı
So she called softly after the mouse
Bu yüzden farenin ardından usulca seslendi
"my dear mouse, please come back!"
"Sevgili farem, lütfen geri dön!"
"and we won't talk about cats"
"Ve kediler hakkında konuşmayacağız"
"and we don't have to talk about dogs either"
"Köpekler hakkında da konuşmak zorunda değiliz"
When the mouse heard this, it turned around
Fare bunu duyunca arkasını döndü

and the little mouse swam slowly back to her
Ve küçük fare yavaşça ona doğru yüzdü
the mouse's face was quite pale
Farenin yüzü oldukça solgundu
and the mouse spoke, in a low, trembling voice
Ve fare alçak, titreyen bir sesle konuştu
"Let us get to the shore"
"Kıyıya çıkalım"
"and then I'll tell you my history"
"ve sonra sana tarihimi anlatacağım"
"and you'll understand why it is I hate cats and dogs"
"ve neden kedilerden ve köpeklerden nefret ettiğimi
anlayacaksın"
It had become high time to go
Gitme zamanı gelmişti
because the pool was getting quite crowded
Çünkü havuz oldukça kalabalık olmaya başlamıştı
other birds and animals had fallen into the pool
Diğer kuşlar ve hayvanlar havuza düşmüştü
there were a Duck and a Dodo
bir Ördek ve bir Dodo vardı
and there was a Lory bird and an Eaglet
ve bir Lory kuşu ve bir Eaglet vardı
and there were several other interesting looking creatures
Ve birkaç başka ilginç görünümlü yaratık daha vardı
Alice led the way out the pool
Alice havuzdan çıkış yolunu gösterdi
and the whole party of animals swam to the shore
Ve bütün hayvan grubu kıyıya yüzdü

A caucus race and a long tail
Bir grup toplantısı yarışı ve uzun bir kuyruk
They were indeed a funny-looking bunch of animals
Gerçekten de komik görünümlü bir hayvan sürüsüydüler
and they all assembled on the water's bank
Ve hepsi suyun kıyısında toplandılar
the birds all had bedraggled feathers
Kuşların hepsinin tüyleri kıvrılmış
and the furry animals were soaked through
ve tüylü hayvanlar sırılsıklam oldu
and all were dripping wet, annoyed and uncomfortable
ve hepsi ıslak, sinirli ve rahatsız oluyordu

there was one question that had to be answered first
Öncelikle cevaplanması gereken bir soru vardı
what is the best way for everyone to get dry?
Herkesin kuruması için en iyi yol nedir?
They had a consultation about this matter
Bu konuda bir istişarede bulundular
soon they were all on familiar terms
Kısa süre sonra hepsi tanıdık şartlardaydı
it was as if she had known them all her life
Sanki onları tüm hayatı boyunca tanıyormuş gibiydi
the mouse seemed to be a person of some authority

Fare bir otoriteye sahip bir kişi gibi görünüyordu
"Sit down, all of you, and listen to me!
"Hepiniz oturun ve beni dinleyin!
I'll soon make you all dry again!"
"Yakında hepinizi tekrar kurutacağım!"
They all sat down at once, in a large ring
Hepsi aynı anda büyük bir halka halinde oturdular
and the little mouse sat in the middle
Ve küçük fare ortada oturuyordu
"Ahem!" said the mouse with an important air
"Ahem!" dedi fare önemli bir havayla
"Are you all ready?"
"Hepiniz hazır mısınız?"
"This is the driest thing I know"
"Bu bildiğim en kuru şey"
"Silence all around, if you please!"
"Lütfen, her yerde sessizlik var!"
"William the Conqueror was favoured by the pope"
"Fatih William, papa tarafından tercih edildi"
"but he was soon submitted to by the English"
"ama kısa süre sonra İngilizler tarafından teslim edildi"
"they wanted leaders of late"
"Son zamanlarda lider istediler"
"and they had been accustomed to power and conquest"
"ve onlar güce ve fetihlere alışmışlardı"
"Edwin and Morcar, the Earls of Mercia and Northumbria"
"Edwin ve Morcar, Mercia ve Northumbria Kontları"
"Ugh!" said the lori bird, with a shiver
"Ah!" dedi lori kuşu titreyerek
"and even Stigand, the patriotic archbishop of Canterbury"
"ve hatta Canterbury'nin vatansever başpiskoposu Stigand"
"he also found it advisable"
"O da uygun buldu"
"What did he find advisable?" said the duck
"Neyi uygun buldu?" dedi ördek
"He found it advisable" the mouse replied rather crossly
"Uygun buldu," diye yanıtladı fare oldukça çapraz bir şekilde

but the duck was not satisfied
Ama ördek tatmin olmadı
"of course, you know what 'it' means"
"Tabii ki, 'o'nun ne anlama geldiğini biliyorsun"
"I know what 'it' is when I find a thing," said the duck
"Bir şey bulduğumda 'o'nun ne olduğunu biliyorum," dedi ördek
"it's generally a frog or a worm"
"Genellikle bir kurbağa ya da solucandır"
"The question is, what did the archbishop find?"
"Soru şu ki, başpiskopos ne buldu?"
The mouse did not notice this question
Fare bu soruyu fark etmedi
instead, the mouse hurriedly went on with the speech
Bunun yerine, fare aceleyle konuşmaya devam etti
"he found it advisable to go with Edgar Atheling"
"Edgar Atheling ile gitmeyi uygun buldu"
"to meet William and offer him the crown"
"William'la tanışmak ve ona tacı teklif etmek"
the mouse continued, turning to Alice as it spoke
fare konuşurken Alice'e dönerek devam etti
"How are you getting on now, my dear?"
"Şimdi nasılsın canım?"
"As wet as ever," said Alice in a melancholy tone
"Her zamanki gibi ıslak," dedi Alice melankolik bir ses tonuyla
"this story doesn't seem to dry me at all"
"Bu hikaye beni hiç kurutmuyor gibi görünüyor"
"In that case," said the dodo solemnly, rising to its feet
"O zaman," dedi dodo ciddiyetle, ayağa kalkarak
"I vote that the meeting be adjourned"
"Toplantının ertelenmesini oylarım"
"and I propose an immediate adoption of more energetic remedies"
"ve daha enerjik ilaçların derhal benimsenmesini öneriyorum"
"Speak real words!" said the eaglet
"Gerçek sözler söyle!" dedi kartal
"I don't know the meaning of half of those long words"

"Bu uzun kelimelerin yarısının anlamını bilmiyorum"
"and, what's more, I don't believe you know either!"
"Ve dahası, senin de bildiğine inanmıyorum!"
"What I was going to say," said the dodo in an offended tone
"Ne diyecektim," dedi dodo kırgın bir ses tonuyla
"the best thing to get us dry would be a caucus-race"
"Bizi kurutmak için en iyi şey bir grup toplantısı olur"
"What is a caucus-race?" said Alice
"Kurultay yarışı nedir?" diye sordu Alice

"Well," said the dodo, "the best way to explain it is to do it"
"Eh," dedi dodo, "bunu açıklamanın en iyi yolu bunu yapmaktır."
"First the dodo marked out a race-course"
"Önce dodo bir yarış parkuru belirledi"
"the track was in a sort of circle"
"Pist bir tür daire içindeydi"
"and then all the party were placed along the course"
"Ve sonra tüm parti rota boyunca yerleştirildi"
There was no "One, two, three and away!"
"Bir, iki, üç ve uzakta!" yoktu.
but they began running when they liked
Ama istedikleri zaman koşmaya başladılar
and they also finished when they liked

Ve onlar da istedikleri zaman bitirdiler
so it was not easy to know when the race was over
Bu yüzden yarışın ne zaman bittiğini bilmek kolay değildi
after half an hour or so of running they were all quite dry
Yarım saat kadar çalıştıktan sonra hepsi oldukça kurumuştu
the dodo suddenly called out, "The race is over!"
Dodo aniden seslendi, "Yarış bitti!"
and they all crowded around the dodo
Ve hepsi dodo'nun etrafında toplandı
all the animals were panting and puffing
Bütün hayvanlar nefes nefese kalıyor ve şişiyordu
and they all wanted to know, "But who has won?"
ve hepsi bilmek istedi, "Ama kim kazandı?"
This question the dodo could not immediately answer
Dodo'nun hemen cevaplayamadığı bu soru
first he had to do a great deal of thinking
Önce çok fazla düşünmesi gerekiyordu
after much thinking, the dodo finally spoke
Çok düşündükten sonra Dodo nihayet konuştu
"Everybody has won, and all must have prizes"
"Herkes kazandı ve herkesin ödülleri olmalı"
"But who is to give the prizes?" asked a chorus of voices
"Ama ödülleri kim verecek?" diye sordu bir ses korosu
"Well, she, of course," said the dodo
"Eh, tabii ki o," dedi dodo
and the dodo pointed with one finger to Alice
ve dodo bir parmağıyla Alice'i işaret etti
and the whole party of animals crowded around her
ve bütün hayvan partisi onun etrafında toplandı
they called out, in a confused way, "Prizes! Prizes!"
şaşkın bir şekilde bağırdılar, "Ödüller! Ödüller!"
Alice had no idea what to do
Alice'in ne yapacağı hakkında hiçbir fikri yoktu
in despair she put her hand into her pocket
Umutsuzluk içinde elini cebine soktu
and she pulled out a box of sweets
Ve bir kutu şeker çıkardı

luckily the salt-water had not got into the box
Neyse ki tuzlu su kutuya girmemişti
and she handed the sweets around as prizes
Ve şekerleri ödül olarak dağıttı
There was exactly one piece for everyone
Herkes için tam olarak bir parça vardı
The next thing they had to do was to eat the sweets
Yapmaları gereken bir sonraki şey tatlıları yemekti
this caused some noise and confusion
Bu biraz gürültü ve karışıklığa neden oldu
the large birds complained that they could not taste their sweets
Büyük kuşlar tatlılarının tadına bakamadıklarından şikayet ettiler
the small ones choked and had to be patted on the back
Küçük olanlar boğuldu ve sırtlarının sıvazlanması gerekiyordu
However, it was over at last
Ancak, sonunda bitti
and they sat down again in a ring
Ve tekrar bir ringe oturdular
and they begged the mouse to tell them something more
Ve fareye onlara bir şey daha söylemesi için yalvardılar
"You promised to tell me your history, you know," said Alice
"Bana geçmişini anlatacağına söz vermiştin, biliyorsun," dedi Alice
and she made another little remark about cats in a whisper
Ve fısıldayarak kediler hakkında küçük bir açıklama daha yaptı
she didn't want to offend the mouse again
Fareyi tekrar gücendirmek istemedi
the little mouse turned to Alice and sighed
küçük fare Alice'e döndü ve içini çekti
"Mine is a long and a sad tale!"
"Benimki uzun ve hüzünlü bir hikaye!"
"It is a long tail, certainly," said Alice
"Kesinlikle uzun bir kuyruk," dedi Alice

and she looked down with wonder at the mouse's tail
Ve farenin kuyruğuna şaşkınlıkla baktı
"but why do you call it a sad tail?"
"Ama neden buna üzgün bir kuyruk diyorsun?"
And she kept on puzzling about it while the mouse was speaking
Ve fare konuşurken bu konuda kafa yormaya devam etti
so that her idea of the tale was something like this
Böylece masal hakkındaki fikri şöyle bir şeydi

<pre>
            "Fury said to
                a mouse, That
                    he met in the
                        house, 'Let
                            us both go
                                to law: *I*
                                    will prosecute
                                    you.—
                                        Come, I'll
                                    take no denial:
                                We must have
                            the trial;
                        For really
                    this morning
            I've
            nothing
            to do.'
                Said the
                    mouse to
                        the cur,
                            "Such a
                                trial, dear
                                    sir, With
                                        no jury
                                            or judge,
                                            would
                                            be wasting
                                        our
                                    breath."
                            "I'll be
                        judge,
                    I'll be
                jury,'
            said
            cunning
                old
                    Fury;
                        "I'll
                            try
                                the
                                    whole
                                        cause,
                                        and
                                        condemn
                                    you to
                            death."
</pre>

Fury said to a mouse, That he met in the house"
Fury bir fareye, 'Evde tanıştığını' dedi.
Let us both go to law: I will prosecute you
İkimiz de hukuka gidelim: Seni yargılayacağım

Come, I'll take no denial: We must have the trial
Gelin, inkar etmeyeceğim: Yargılanmalıyız
For really this morning I've nothing to do
Gerçekten bu sabah yapacak hiçbir şeyim yok
Said the mouse to the cur;
Fare cur'a dedi ki;
**Such a trial, dear sir, With no jury or judge, would be
wasting our breath**
Sevgili efendim, Jüri veya yargıç olmadan böyle bir duruşma
nefesimizi boşa harcardı
"I'll be judge, I'll be jury," said cunning old Fury
"Yargıç olacağım, jüri olacağım," dedi kurnaz yaşlı Fury
I'll try the whole cause, and condemn you to death
Bütün davayı deneyeceğim ve seni ölüme mahkum edeceğim
the mouse spoke severely to Alice
fare Alice'e sert bir şekilde konuştu
"You are not paying attention!"
"Dikkat etmiyorsun!"
"What are you thinking of?"
"Ne düşünüyorsun?"
"I beg your pardon," said Alice very humbly
"Özür dilerim," dedi Alice alçakgönüllülükle
"you had got to the fifth bend, I think?"
"Beşinci viraja gelmiştin galiba?"
"You insult me by talking such nonsense!"
"Böyle saçma sapan konuşarak bana hakaret ediyorsun!"
and the mouse got up and walked away
Ve fare ayağa kalktı ve uzaklaştı
Alice called after the little mouse
Alice küçük farenin adını verdi
"Please come back and finish your story!"
"Lütfen geri dönün ve hikayenizi bitirin!"
And the others all joined in chorus
Ve diğerleri de koroya katıldı
"Yes, please do finish your story!"
"Evet, lütfen hikayenizi bitirin!"
But the mouse only shook its head impatiently

Ama fare sadece sabırsızlıkla başını salladı
and the little mouse walked a little quicker
Ve küçük fare biraz daha hızlı yürüdü
"I wish I had Dinah, our cat, here!" said Alice
"Keşke kedimiz Dinah da burada olsaydı!" dedi Alice
This caused a remarkable sensation among the party
Bu, parti arasında dikkate değer bir sansasyon yarattı
Some of the birds hurried off at once
Bazı kuşlar hemen aceleyle kaçtı
and a Canary called out in a trembling voice, to its children;
ve bir Kanarya titreyen bir sesle çocuklarına seslendi;
"Come away, my dears!"
"Uzaklaşın canlarım!"
"It's high time you were all in bed!"
"Hepinizin yatakta olmasının tam zamanı!"
with various excuses they all went away
Çeşitli bahanelerle hepsi gitti
and Alice was soon left alone
ve Alice kısa süre sonra yalnız kaldı
"I wish I hadn't mentioned Dinah!"
"Keşke Dinah'dan bahsetmeseydim!"
"Nobody seems to like her down here"
"Burada kimse ondan hoşlanmıyor gibi görünüyor"
"but I'm sure she's the best cat in the world!"
"Ama eminim ki o dünyanın en iyi kedisi!"
Poor Alice began to cry again
Zavallı Alice tekrar ağlamaya başladı
because she felt very lonely and low-spirited
Çünkü kendini çok yalnız ve moralsiz hissediyordu
In a little while, however, she again heard something
Ancak kısa bir süre sonra yine bir şey duydu
a little pattering of footsteps in the distance
Uzakta küçük bir ayak sesi
and she looked up eagerly
Ve hevesle yukarı baktı

The rabbit sends in little Mr Bill
Tavşan küçük Bay Bill'i içeri gönderir

It was the white rabbit,trotting slowly back again
Bu, yavaşça geri dönen beyaz tavşandı
he was looking about anxiously as he went
Giderken endişeyle etrafa bakıyordu
he looked as if he had lost something
Sanki bir şey kaybetmiş gibi görünüyordu
Alice heard him muttering to himself
Alice onun kendi kendine mırıldandığını duydu
"The Duchess! The Duchess! Oh, my dear paws!"
"Düşes! Düşes! Ah, sevgili pençelerim!"
"Oh, my fur and whiskers!"
"Ah, kürküm ve bıyıklarım!"
"She'll get me executed, I'm sure of that"
"Beni idam ettirecek, bundan eminim"
"just as sure as ferrets are ferrets!"
"Gelinciklerin gelincik olduğu kadar emin!"

"Where can I have dropped my things, I wonder?"
"Acaba eşyalarımı nereye düşürmüş olabilirim?"
Alice guessed in a moment what he was looking for
Alice bir anda ne aradığını tahmin etti
he was looking for the feather fan
Tüy yelpazeyi arıyordu
and he was looking for the pair of white gloves
Ve bir çift beyaz eldiveni arıyordu
so she very good-naturedly began looking for the gloves
Bu yüzden çok iyi huylu bir şekilde eldivenleri aramaya başladı
and she looked for the feather fan too
Ve o da tüy yelpazesini aradı
but the gloves and feather fan were nowhere to be seen
Ancak eldivenler ve tüy fanı hiçbir yerde görünmüyordu
everything seemed to have changed since her swim in the pool
Havuzda yüzdüğünden beri her şey değişmiş gibiydi
nothing was the same since she had been in the great hall
Büyük salonda olduğundan beri hiçbir şey eskisi gibi değildi
and the glass table had vanished
Ve cam masa ortadan kaybolmuştu
and the little door wasn't there either
Ve küçük kapı da orada değildi
Very soon the rabbit noticed Alice
Çok geçmeden tavşan Alice'i fark etti
he called to her in an angry tone
Kızgın bir ses tonuyla ona seslendi
"Mary Ann, what are you doing out here?"
"Mary Ann, burada ne yapıyorsun?"
"Run home this moment"
"Bu an eve koş"
"and fetch me a pair of gloves and a feather fan!"
"Ve bana bir çift eldiven ve bir tüy yelpaze getir!"
"and be quick about it!"
"Ve bu konuda hızlı ol!"
Alice spoke to herself as she ran off

Alice kaçarken kendi kendine konuştu
"He must have mistaken me for his housemaid!"
"Beni hizmetçisi sanmış olmalı!"
"How surprised he'll be when he finds out who I am!"
"Kim olduğumu öğrendiğinde ne kadar şaşıracak!"
As she said this, she came upon a neat little house
Bunu söylerken, küçük ve temiz bir eve rastladı
on the door of the house was a bright brass plate
Evin kapısında parlak pirinç bir levha vardı
"W. RABBIT"
"W. TAVŞAN"
She went in without knocking on the door
Kapıyı çalmadan içeri girdi
and she hurried straight upstairs
Ve hemen yukarı çıktı
she worried that she might meet the real Mary Ann
gerçek Mary Ann ile tanışabileceğinden endişeleniyordu
because then she would be turned out of the house
çünkü o zaman evden kovulacaktı
and she wouldn't be able to find the feather fan and gloves
Ve tüy yelpazeyi ve eldivenleri bulamazdı
Alice had found her way into a tidy little room
Alice derli toplu küçük bir odaya girmenin yolunu bulmuştu
in the room was a table by the window
Odada pencerenin yanında bir masa vardı
and on the table was a feather fan
Ve masanın üzerinde bir tüy yelpaze vardı
and there were two or three pairs of tiny white gloves
Ve iki ya da üç çift minik beyaz eldiven vardı
she picked up the feather fan and a pair of the gloves
Tüy yelpazeyi ve bir çift eldiveni aldı
and she was just about to leave the room
Ve tam odadan çıkmak üzereydi
but then her eyes fell upon a little bottle
Ama sonra gözleri küçük bir şişeye takıldı
She uncorked the bottle and put it to her lips
Şişenin mantarını açtı ve dudaklarına götürdü

"I do hope it'll make me grow large again"
"Umarım beni tekrar büyütür"
"I'm tired of being such a tiny little thing!"
"Bu kadar küçük bir şey olmaktan bıktım!"
Alice had hardly drunk half the bottle
Alice şişenin yarısını zar zor içmişti
her head was already pressing against the ceiling
Başı zaten tavana bastırıyordu
and she had to stoop down
Ve eğilmek zorunda kaldı
to save her neck from being broken
boynunu kırılmaktan kurtarmak için
She hastily put down the bottle
Aceleyle şişeyi bıraktı
"That's quite enough"
"Bu kadar yeter"
"I hope I don't grow anymore"
"Umarım daha fazla büyümem"
Alas! It was too late to wish that!
Eyvah! Bunu dilemek için çok geçti!
She went on growing and growing
Büyümeye ve büyümeye devam etti
and very soon she had to kneel down on the floor
Ve çok geçmeden yere diz çökmek zorunda kaldı
and even then she went on growing
Ve o zaman bile büyümeye devam etti
as a last resource she put one arm out of the window
Son çare olarak bir kolunu pencereden dışarı çıkardı
and she put one foot up the chimney
Ve bir ayağını bacaya koydu
"Now I can do no more, whatever happens"
"Artık daha fazlasını yapamam, ne olursa olsun"
"What will become of me?"
"Bana ne olacak?"

Alice had a spot of luck
Alice'in şansı yaver gitti
the little magic bottle had had its full effect
Küçük sihirli şişe tam etkisini göstermişti
and Alice grew no larger than she was
ve Alice eskisinden daha fazla büyümedi
After a few minutes she heard a voice outside
Birkaç dakika sonra dışarıda bir ses duydu
and she stopped to listen to the voice
Ve sesi dinlemek için durdu
"Mary Ann! Mary Ann!" said the voice
"Mary Ann! Mary Ann!" dedi ses
"Fetch me my gloves this moment!"
"Hemen şimdi bana eldivenlerimi getir!"
Then came a little pattering of feet on the stairs
Sonra merdivenlerde küçük bir ayak pırıltısı geldi
Alice knew it was the rabbit coming to look for her
Alice, onu aramaya gelenin tavşan olduğunu biliyordu
and she trembled till she shook the house

ve evi sallayana kadar titredi
she quite forgot what her proportions were
Oranlarının ne olduğunu tamamen unuttu
she was a thousand times as large as the rabbit
Tavşandan bin kat daha büyüktü
and she had no reason to be afraid of a rabbit
Ve bir tavşandan korkması için hiçbir sebep yoktu
Presently the rabbit came up to the door
O anda tavşan kapıya geldi
and the little rabbit tried to open the door
Ve küçük tavşan kapıyı açmaya çalıştı
the door started to open inwards
Kapı içeriye doğru açılmaya başladı
but Alice's elbow was pressed hard against the door
ama Alice'in dirseği kapıya sertçe bastırıldı
that attempt proved a failure
Bu girişim başarısız oldu
Alice heard the rabbit speak to himself
Alice, tavşanın kendi kendine konuştuğunu duydu
"Then I'll go around and get in through the window"
"O zaman etrafta dolaşacağım ve pencereden içeri gireceğim"
"That you won't!" thought Alice
"Yapmayacaksın!" diye düşündü Alice
and she waited a little again
Ve yine biraz bekledi
soon she heard the rabbit just under the window
Kısa süre sonra pencerenin hemen altındaki tavşanı duydu
she suddenly spread out her hand
Aniden elini uzattı
and she made a snatch in the air
Ve havada bir kapkaç yaptı
She did not get hold of anything
Hiçbir şey elde edemedi
but she heard a little shriek and a fall
Ama küçük bir çığlık ve bir düşüş duydu
and she heard a crash of broken glass
Ve kırık camın çarptığını duydu

perhaps the rabbit had fallen
Belki de tavşan düşmüştü
maybe he was in a green-house
Belki de bir seradaydı
Next came an angry voice; the rabbit's voice
Sonra kızgın bir ses geldi; Tavşanın sesi
"Pat, where are you?"
"Pat, neredesin?"
And then came a voice she had never heard before
Ve sonra daha önce hiç duymadığı bir ses geldi
"your honour, I'm here!"
"Sayın Yargıç, ben buradayım!"
"I'm digging for apples"
"Elma için kazıyorum"
"Here! Come and help me out of this!"
"İşte! Gel ve beni bu durumdan kurtar!"
"Now tell me, Pat, what's that in the window?"
"Şimdi söyle bana, Pat, penceredeki ne var?"
"Sure, your honour, I will tell you"
"Tabii, sayın yargıç, size söyleyeceğim"
"it's an arm that's in the window!"
"Pencerede olan bir kol!"
"Well, an arm has no business there"
"Eh, orada bir kolun işi yok"
"go and take the arm away!"
"Git ve kolu al!"
There was a long silence after this
Bunun ardından uzun bir sessizlik oldu
and Alice could only hear whispers now and then
ve Alice sadece ara sıra fısıltıları duyabiliyordu
and at last she spread out her hand again
Ve sonunda tekrar elini uzattı
and she made another snatch in the air
Ve havada bir kapkaç daha yaptı
This time there were two little shrieks
Bu sefer iki küçük çığlık vardı
and there was more sounds of broken glass

Ve daha fazla kırık cam sesi vardı
"I wonder what they'll do next!" thought Alice
"Bundan sonra ne yapacaklarını merak ediyorum!" diye
düşündü Alice
"I wish they would pull me out the window"
"Keşke beni pencereden dışarı çıkarsalar"
She waited for some time
Bir süre bekledi
but for a while she didn't hear anything more
Ama bir süre daha hiçbir şey duymadı
At last came a rumbling of little wheels
Sonunda küçük tekerleklerin gümbürtüsü geldi
and there came the sound of a good many voices
Ve çok sayıda ses geldi
all the voices were talking together
Bütün sesler birlikte konuşuyordu
She could make out some of the words
Bazı kelimeleri seçebiliyordu
"Where's the other ladder?"
"Diğer merdiven nerede?"
"Bill's got the other ladder"
"Bill'in diğer merdiveni var"
"Bill, come here!"
"Bill, buraya gel!"
"Will the roof bear the load?"
"Çatı yükü taşıyacak mı?"
"Who wants to go down the chimney?"
"Kim bacadan aşağı inmek ister?"
"Nay, I shall not! You do it!"
"Hayır, yapmayacağım! Sen yap!"
"Here, Bill!"
"İşte, Bill!"
"The master says you've got to go down the chimney!"
"Usta bacadan aşağı inmen gerektiğini söylüyor!"
Alice drew her foot as far down the chimney as she could
Alice ayağını bacadan olabildiğince aşağı çekti
and then she waited to see what was coming

Ve sonra ne olacağını görmek için bekledi
she heard a little animal scratching and scrambling
Küçük bir hayvanın tırmaladığını ve çırpındığını duydu
the little animal must be in the chimney
Küçük hayvan bacada olmalı
then she gave one sharp kick
Sonra keskin bir tekme attı
and she waited to see what would happen next
Ve bundan sonra ne olacağını görmek için bekledi
she heard a general chorus of voices
Genel bir ses korosu duydu
"There goes Bill!" they all said
"İşte Bill!" dedi hepsi
then she heard the rabbit's voice alone
Sonra sadece tavşanın sesini duydu
"You by the hedge, catch him!"
"Sen çitin yanındasın, yakala onu!"
there was another moment of silence
Bir dakikalık saygı duruşu daha yapıldı
and then there was another confusion of voices
Ve sonra başka bir ses karmaşası oldu
"Hold up his head, Brandy"
"Başını kaldır, Brandy"
"be careful not to choke him"
"Onu boğmamaya dikkat edin"
"What happened to you?"
"Sana ne oldu?"
Last came a little feeble, squeaking voice
Sonunda biraz zayıf, gıcırtılı bir ses geldi
"Well, I hardly know no more"
"Eh, daha fazlasını bilmiyorum"
"thank you all, I'm better now"
"Hepinize teşekkür ederim, şimdi daha iyiyim"
"there is one thing I can remember"
"Hatırlayabildiğim bir şey var"
"something comes at me like a train in a tunnel"
"Tüneldeki tren gibi bir şey üzerime geliyor"

"and up I fly like a sky-rocket!"
"ve yukarı bir roket gibi uçuyorum!"
there was a minute or two of silence
Bir iki dakikalık saygı duruşu oldu
and then they began moving about again
Ve sonra tekrar hareket etmeye başladılar
and Alice heard the Rabbit speak again
ve Alice Tavşan'ın tekrar konuştuğunu duydu
"A barrowful will do, to begin with"
"Başlamak için bir barrowful yapacak"
"A barrowful of what?" thought Alice
"Neyin bir tırmıkbaharı?" diye düşündü Alice
But she was not kept in suspense for long
Ancak uzun süre askıda kalmadı
a shower of little pebbles came through the window
Pencereden küçük çakıl taşlarından oluşan bir duş geldi
and some of the little pebbles hit her in the face
Ve küçük çakıl taşlarından bazıları yüzüne çarptı
Alice was surprised about the little pebbles
Alice küçük çakıl taşlarına şaşırdı
all the little pebbles were turning into cakes
Tüm küçük çakıl taşları keklere dönüşüyordu
and a bright idea came into her head
Ve aklına parlak bir fikir geldi
"I should eat one of these cakes"
"Bu keklerden birini yemeliyim"
"cake is sure to make some change in my size"
"Pastanın bedenimde biraz değişiklik yapacağından emin
olabilirsiniz"
So she swallowed one of the cakes
Bu yüzden keklerden birini yuttu
and she was delighted to find that she began shrinking
Ve küçülmeye başladığını görünce çok sevindi
soon she was small enough to get through the door
Kısa süre sonra kapıdan geçecek kadar küçüktü
she ran out of the house
Evden kaçtı

a crowd of little animals and birds were waiting outside
Küçük hayvanlar ve kuşlardan oluşan bir kalabalık dışarıda
bekliyordu
all the little birds and animals rushed at Alice
tüm küçük kuşlar ve hayvanlar Alice'e koştu
but she ran off as fast as she could
Ama elinden geldiğince hızlı kaçtı
and soon she found herself safe in a thick wood
Ve kısa süre sonra kendini kalın bir ormanda güvende buldu
Alice wandered about in the woods
Alice ormanda dolaşıyordu
and she thought to herself:
Ve kendi kendine düşündü:
"I know what I have to do first"
"Öncelikle ne yapmam gerektiğini biliyorum"
"first I have to grow to my right size again"
"Önce tekrar doğru bedenime büyümem gerekiyor"
"and then I have to find my way into that lovely garden"
"ve sonra o güzel bahçeye giden yolu bulmalıyım"
"I suppose I ought to eat or drink something or other"
"Sanırım bir şey ya da başka bir şey yemeli ya da içmeliyim"
"but the question is what should I eat or drink?"
"Ama soru şu ki, ne yemeliyim ya da içmeliyim?"
Alice looked all around her at the flowers
Alice etrafındaki çiçeklere baktı
and she looked through the blades of grass
Ve çimenlerin arasından baktı
but she could not see anything to eat or drink
ama yiyecek ya da içecek bir şey göremiyordu
nothing looked like the right thing to eat or drink
Hiçbir şey yemek ya da içmek için doğru şeye benzemiyordu
There was a large mushroom growing near her
Yanında büyüyen büyük bir mantar vardı
the mushroom was about the same height as Alice
mantar Alice ile hemen hemen aynı yükseklikteydi
She stretched herself up on tiptoes
Parmak uçlarına kadar uzandı

and she peeped over the edge of the mushroom
Ve mantarın kenarından gözetledi
her eyes immediately met the eyes of a large blue caterpillar
Gözleri hemen büyük mavi bir tırtılın gözleriyle karşılaştı
the caterpillar was sitting on the top of the mushroom
Tırtıl mantarın tepesinde oturuyordu
and the caterpillar had crossed all his arms
ve tırtıl bütün kollarını kavuşturmuştu
and he was quietly smoking a long hookah
Ve sessizce uzun bir nargile içiyordu
and he took not the smallest notice of anything
ve hiçbir şeye en ufak bir dikkat çekmedi
and he certainly didn't pay attention to Alice
ve kesinlikle Alice'e dikkat etmedi

Advice from a caterpillar
Bir tırtıldan tavsiye
At last the caterpillar took the hookah out of its mouth
Sonunda tırtıl nargileyi ağzından çıkardı
and he addressed Alice in a languid, sleepy voice
ve durgun, uykulu bir sesle Alice'e hitap etti
"Who are you?" said the caterpillar
"Sen kimsin?" dedi tırtıl

Alice replied, rather shyly, "I hardly know, sir"
Alice oldukça utangaç bir şekilde, "Pek bilmiyorum efendim"
diye yanıtladı.
"just at the moment it's all a bit..."
"Sadece şu anda her şey biraz..."
"I know who I was when I got up this morning""
"Bu sabah kalktığımda kim olduğumu biliyorum"
"but I think I must have changed several times since then"
"ama sanırım o zamandan beri birkaç kez değişmiş olmalıyım"
"What do you mean by that?" said the caterpillar
"Bununla ne demek istiyorsun?" dedi tırtıl

sternly the caterpillar asked her to explain herself
Tırtıl sert bir şekilde ondan kendini açıklamasını istedi
"I can't explain myself, I'm afraid, sir," said Alice
"Kendimi açıklayamıyorum, korkarım efendim," dedi Alice
"because I'm not myself"
"Çünkü ben kendimde değilim"
**"you see, being so many different sizes in a day is very
confusing"**
"Görüyorsunuz, bir günde bu kadar çok farklı boyutta olmak
çok kafa karıştırıcı"
She pulled herself up and said very gravely:
Kendini yukarı çekti ve çok ciddi bir şekilde şöyle dedi:
"I think you ought to tell me who you are, first"
"Bence önce bana kim olduğunu söylemelisin"
"Why?" said the caterpillar
"Neden?" dedi tırtıl
Alice could not think of any good reason
Alice iyi bir sebep düşünemedi
**and the caterpillar seemed to be in a very unpleasant state of
mind**
Ve tırtıl çok tatsız bir ruh hali içinde görünüyordu
so she turned away
Bu yüzden geri döndü
"Come back!" the caterpillar called after her
"Geri dön!" diye seslendi tırtıl arkasından
"I've something important to say!"
"Söylemem gereken önemli bir şey var!"
Alice turned and came back again
Alice döndü ve tekrar geri geldi
"Keep your temper," said the caterpillar
"Öfkeni koru," dedi tırtıl
"Is that all?" said Alice
"Hepsi bu mu?" dedi Alice
and she swallowed her anger as well as she could
Ve öfkesini elinden geldiğince yuttu
"No," said the caterpillar
"Hayır," dedi tırtıl

the caterpillar unfolded its arms
Tırtıl kollarını açtı
and he took the hookah out of his mouth again
Ve nargileyi tekrar ağzından çıkardı
and he said, "So you think you're changed, do you?"
ve dedi ki, "Demek değiştiğini düşünüyorsun, değil mi?"
"I'm afraid, I am changed, sir," said Alice
"Korkuyorum, değiştim efendim," dedi Alice
"I can't remember things as I used to remember them"
"Bazı şeyleri eskiden hatırladığım gibi hatırlayamıyorum"
"and I don't stay the same size for more than ten minutes!"
"ve ben on dakikadan fazla aynı boyutta kalmam!"
"What size do you want to be?" asked the caterpillar
"Ne büyüklükte olmak istersin?" diye sordu tırtıl
**"Oh, I don't particularly mind what size I am," Alice hastily
replied**
"Ah, özellikle ne kadar büyük olduğum umurumda değil,"
diye yanıtladı Alice aceleyle.
"I just don't like changing size so often, you know"
"Sadece bu kadar sık beden değiştirmeyi sevmiyorum,
biliyorsun"
"I would like to be a little larger, sir"
"Biraz daha büyük olmak isterdim efendim"
"if you wouldn't mind," added Alice
"Eğer sakıncası yoksa," diye ekledi Alice
"Ten centimetres is such a wretched height to be"
"On santimetre çok sefil bir yükseklik"
"It is a very good height indeed!" said the caterpillar angrily
"Gerçekten çok iyi bir yükseklik!" dedi tırtıl öfkeyle
and he reared itself upright as he spoke
ve konuşurken kendini dik tuttu
he was exactly ten centimetres high
Tam on santimetre boyundaydı
**In a minute or two, the caterpillar got down off the
mushroom**
Bir veya iki dakika içinde tırtıl mantardan aşağı indi
and he crawled away into the grass

Ve çimenlere doğru sürünerek uzaklaştı
as he went away, he made some little remarks
Giderken bazı küçük açıklamalar yaptı
"One side will make you grow taller"
"Bir tarafınız boyunun uzamasını sağlayacak"
"and the other side will make you grow shorter"
"Ve diğer taraf seni kısaltacak"
"One side of what?" thought Alice to herself
"Neyin bir tarafı?" diye düşündü Alice kendi kendine
"The other side of what?"
"Neyin diğer tarafı?"
"the side of the mushroom," said the caterpillar
"Mantarın yan tarafı," dedi tırtıl
it was as if she had asked her question aloud
Sanki sorusunu yüksek sesle sormuş gibiydi
and in another moment, he was out of sight
Ve başka bir anda, gözden kayboldu
Alice remained looking thoughtfully at the mushroom
Alice düşünceli bir şekilde mantara bakmaya devam etti
she was trying to make out which were the two sides of the mushroom
Mantarın iki tarafının hangisi olduğunu anlamaya çalışıyordu
At last she stretched her arms around the mushroom
Sonunda kollarını mantarın etrafına sardı
and she broke off a bit of the edges
Ve kenarların bir kısmını kırdı
"And now, which side is which?" she said to herself
"Ve şimdi, hangi taraf hangisi?" dedi kendi kendine
and she nibbled a little of the right-hand bit
Ve sağ elinin ucunu biraz kemirdi
The next moment she felt a violent blow underneath her chin
Bir sonraki an çenesinin altında şiddetli bir darbe hissetti
her chin had struck her foot!
Çenesi ayağına çarpmıştı!
She was a good deal frightened by this very sudden change
Bu çok ani değişiklikten çok korkmuştu

she was shrinking very rapidly
Çok hızlı bir şekilde küçülüyordu
so she quickly ate some of the other bit of mushroom
Bu yüzden çabucak diğer mantar parçasından biraz yedi
Her chin was pressed very closely against her foot
Çenesi ayağına çok sıkı bir şekilde bastırıldı
there was hardly room to open her mouth
Ağzını açacak pek yer yoktu
but she did at last manage to open her mouth
Ama sonunda ağzını açmayı başardı
and she swallowed a morsel of the left-hand bit
ve sol elinin ısırığından bir lokma yuttu
"my head's been freed at last!" said Alice
"Sonunda kafam serbest kaldı!" dedi Alice
she looked down at herself
Kendine baktı
but all she could see was an immense length of neck
Ama tek görebildiği muazzam bir boyun uzunluğuydu
her neck seemed to rise like a stalk
Boynu bir sap gibi yükseliyor gibiydi
and she looked down over a sea of green leaves
Ve yeşil yapraklardan oluşan bir denize baktı
"Where have my shoulders gotten to?"
"Omuzlarım nereye geldi?"
"And oh, my poor hands, how is it I can't see you?"
"Ve ah, zavallı ellerim, nasıl oluyor da seni göremiyorum?"
but her neck did have one benefit
Ama boynunun bir faydası vardı
she could move her head in any direction
Başını herhangi bir yöne hareket ettirebilirdi
in fact, she was just like a serpent
Aslında, o tıpkı bir yılan gibiydi
she gracefully zigzagged her head down
Zarif bir şekilde başını zikzak çizerek eğdi
and she moved her head through the trees
Ve başını ağaçların arasından geçirdi
but then she heard a sharp hiss

Ama sonra keskin bir tıslama duydu
and she quickly pulled her head back
Ve hızla başını geri çekti
a large pigeon had flown into her face
Yüzüne büyük bir güvercin uçmuştu
and the pigeon was violently with its wings
Ve güvercin şiddetle kanatlarıyla birlikteydi

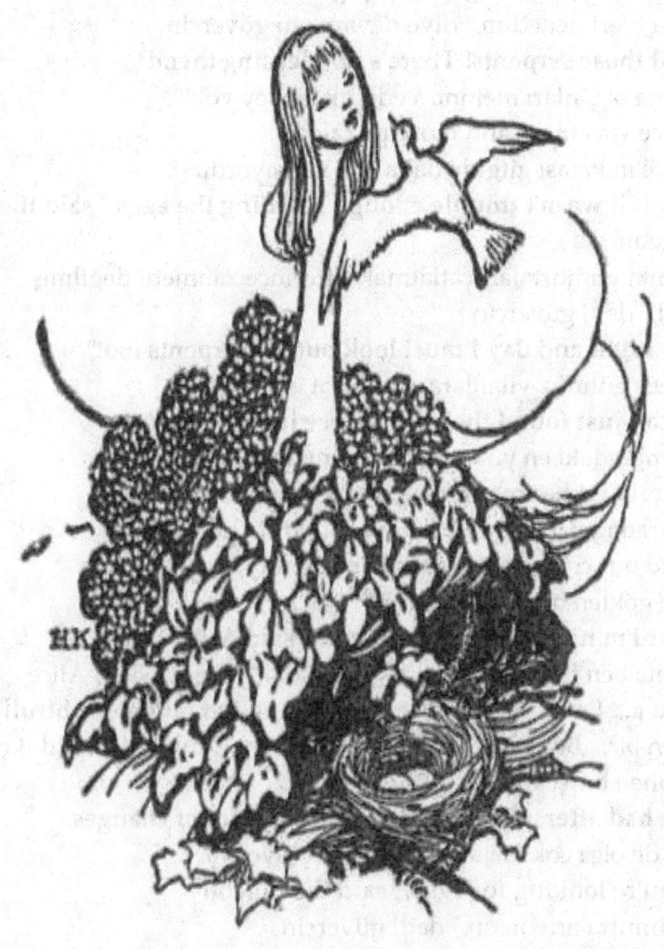

"Serpent!" cried the pigeon

"Yılan!" diye bağırdı güvercin

"I'm not a serpent!" said Alice indignantly

"Ben yılan değilim!" dedi Alice öfkeyle

"Leave me alone!"

"Beni yalnız bırak!"

"I've tried the roots of trees"

"Ağaçların köklerini denedim"

"and I've tried hedges," the pigeon went on

"ve çitleri denedim," diye devam etti güvercin

"but those serpents! There's no pleasing them!"

"Ama o! Onları memnun edecek bir şey yok!"

Alice was more and more puzzled

Alice'in kafası gitgide daha çok karışıyordu

"As if it wasn't trouble enough hatching the eggs," said the pigeon

"Sanki yumurtaları çatlatmak yeterince zahmetli değilmiş gibi," dedi güvercin

"by night and day I must look out for serpents too!"

"Gece gündüz yılanlara da dikkat etmeliyim!"

"I had just found the highest tree in the forest"

"Ormandaki en yüksek ağacı yeni bulmuştum"

"surely I'd be free from serpents here?"

"Burada yılanlardan kurtulur muydum herhalde?"

"and out comes a serpent from the sky!"

"Ve gökten bir yılan çıkıyor!"

"But I'm not a serpent, I tell you!" said Alice

"Ama ben bir yılan değilim, sana söylüyorum!" dedi Alice

"I'm a... I'm a... I'm a little girl," she added rather doubtfully

"Ben bir... Ben bir... Ben küçük bir kızım," diye ekledi oldukça şüpheli bir şekilde

she had after all been going through a lot of changes

Ne de olsa çok fazla değişiklik geçiriyordu

"You're looking for eggs," said the pigeon

"Yumurta arıyorsun," dedi güvercin

"I know that for a fact"

"Bunu bir gerçek olarak biliyorum"

"and what does it matter if you're a little girl or a serpent?"
"Peki küçük bir kız ya da yılan olman ne fark eder?"
"It matters a good deal to me," said Alice hastily
"Benim için çok önemli," dedi Alice aceleyle.
"but I'm not looking for eggs, as it happens"
"ama olduğu gibi yumurta aramıyorum"
"and I wouldn't want your eggs anyway"
"ve zaten yumurtalarını istemem"
"I don't like my eggs raw"
"Yumurtalarımı çiğ sevmiyorum"
"Well, be off then!" said the pigeon in a sulky tone
"Peki, git o zaman!" dedi güvercin somurtkan bir ses tonuyla
and the pigeon settled down again into its nest
Ve güvercin tekrar yuvasına yerleşti
Alice crouched down among the trees as well as she could
Alice elinden geldiğince ağaçların arasına çömeldi
her neck kept getting entangled among the branches
Boynu dalların arasına dolanıp duruyordu
every now and then she had to stop and untwist her neck
Arada sırada durup boynunu çözmek zorunda kaldı
After awhile she remembered the mushroom
Bir süre sonra mantarı hatırladı
she still held the pieces of mushroom in her hands
Mantar parçalarını hala elinde tutuyordu
and she set to work very carefully
Ve çok dikkatli bir şekilde çalışmaya başladı
first she nibbled at one piece
Önce tek parça kemirdi
and then she nibbled at the other piece
Ve sonra diğer parçayı kemirdi
sometimes she grew taller
bazen boyu uzardı
and sometimes she grew shorter
Ve bazen kısaldı
but finally she achieved her usual height
Ama sonunda her zamanki boyuna ulaştı
she hadn't been her own height for some time

Bir süredir kendi boyunda değildi
so everything felt strange for a while
Bu yüzden her şey bir süreliğine garip geldi
"The next thing to do is to get into that beautiful garden"
"Bundan sonra yapılacak şey o güzel bahçeye girmek"
"how is that to be done, I wonder?"
"Bu nasıl yapılacak, merak ediyorum?"
As she said this, she came upon an open place
Bunu söylerken açık bir yere rastladı
there was a little house, a bit higher than a metre
Bir metreden biraz daha yüksek küçük bir ev vardı
"I wonder who lives in this little house"
"Acaba bu küçük evde kim yaşıyor"
"I certainly can't go in as big as I am"
"Kesinlikle olduğum kadar büyük giremem"
"I would frighten them terribly!"
"Onları çok korkuturdum!"
so she nibbled at the little mushroom again
Bu yüzden küçük mantarı tekrar kemirdi
and soon she brought herself down thirty centimetres
Ve çok geçmeden kendini otuz santimetre aşağı indirdi

A pig and some pepper
Bir domuz ve biraz biber

For a minute or two she stood looking at the house
Bir ya da iki dakika boyunca eve bakarak durdu
suddenly a footman came running out of the woods
Aniden ormandan koşarak bir uşak geldi
he was wearing a special livery uniform
Özel bir üniforma giyiyordu
judging by his face only, she would have called him a fish
Sadece yüzüne bakılırsa, ona balık derdi
and he rapped loudly at the door with his knuckles
Ve parmak eklemleriyle kapıya yüksek sesle vurdu
the door was opened by another footman
Kapı başka bir uşak tarafından açıldı
this footman too was wearing a special livery
Bu uşak da özel bir üniforma giyiyordu
this footman had a round face and large eyes like a frog
Bu uşağın yuvarlak bir yüzü ve kurbağa gibi iri gözleri vardı

The footman that looked like a fish initiated the ceremony
Balığa benzeyen uşak töreni başlattı
he pulled out something from under his arm
Kolunun altından bir şey çıkardı
and he pulled out from under his arm an envelope
ve kolunun altından bir zarf çıkardı
and this envelope he handed over to the other footman
Ve bu zarfı diğer uşağa verdi
in a ceremonious tone he told him the orders
Törensel bir tonda ona emirleri anlattı
"This message is for the Duchess"
"Bu mesaj Düşes için"
"An invitation from the queen to play croquet"
"Kraliçeden kroket oynama daveti"
The footman that looked like a frog repeated the order
Kurbağaya benzeyen uşak emri tekrarladı
"from the queen"
"Kraliçe'den"
"an invitation"
"Bir davet"
"for the Duchess"
"Düşes için"
"playing croquet"
"Kroket oynamak"
Then they both bowed low
Sonra ikisi de eğildi
and the curls in their wigs got entangled together
ve peruklarındaki bukleler birbirine dolandı
soon the footman that looked like a fish was gone
Kısa süre sonra balığa benzeyen uşak gitmişti
but the footman that looked like a frog was still there
Ama kurbağaya benzeyen uşak hala oradaydı
he was sitting on the ground near the door
Kapının yanında yerde oturuyordu
he was staring stupidly up into the sky
Aptalca gökyüzüne bakıyordu
Alice went timidly up to the door and knocked

Alice ürkek bir şekilde kapıya gitti ve kapıyı çaldı
"There's no use in knocking," said the footman
"Kapıyı çalmanın bir faydası yok," dedi uşak
"and that is for two reasons"
"Ve bu iki nedenden dolayı"
"First, because I'm on the same side of the door as you are"
"Birincisi, çünkü ben de seninle aynı kapının yanındayım"
"secondly, because they're making so much noise inside"
"İkincisi, çünkü içeride çok fazla gürültü yapıyorlar"
"no one could possibly hear you"
"Kimse seni duyamazdı"
And there certainly was a most extraordinary noise going on within
Ve kesinlikle içeride çok olağanüstü bir gürültü oluyordu
a constant howling and sneezing
sürekli uluma ve hapşırma
and every now and then a sound of great crashing
Ve arada sırada büyük bir çarpma sesi
as if a dish or kettle had been broken to pieces
Sanki bir tabak veya su ısıtıcısı parçalara ayrılmış gibi
"How am I to get in?" asked Alice
"Nasıl içeri gireceğim?" diye sordu Alice
"Should you get in at all?" said the footman
"İçeri girmeli misin?" dedi uşak
"That's the first question, you know"
"Bu ilk soru, biliyorsun"
Alice opened the door and went in
Alice kapıyı açtı ve içeri girdi
The door led right into a large kitchen
Kapı büyük bir mutfağa açılıyordu
the kitchen was full of smoke from one end to the other
Mutfak bir uçtan diğer uca duman doluydu
in the middle of the kitchen was the Duchess
mutfağın ortasında Düşes vardı
she was sitting on a three-legged stool
Üç ayaklı bir taburede oturuyordu
and she was nursing a baby

Ve bir bebek emziriyordu
the cook was leaning over the fire
Aşçı ateşin üzerine eğilmişti
he was stirring a large caldron
Büyük bir kazanı karıştırıyordu
and the caldron seemed to be full of soup
Ve kazan çorba dolu gibiydi
"There's certainly too much pepper in that soup!" Alice said to herself
"O çorbada kesinlikle çok fazla biber var!" Alice kendi kendine dedi ki
she said it as best she could without sneezing
Hapşırmadan elinden geldiğince söyledi
Even the Duchess sneezed occasionally
Düşes bile ara sıra hapşırdı
but the baby's actions were the most noteworthy
Ancak bebeğin eylemleri en dikkat çekici olanıydı
the baby was sneezing and howling alternately
Bebek dönüşümlü olarak hapşırıyor ve uluyordu
there was not a moment's pause between howling and sneezing
Uluma ve hapşırma arasında bir an bile duraklama olmadı
There were two creatures in the kitchen that did not sneeze
Mutfakta hapşırmayan iki yaratık vardı
the cook was too busy to sneeze
Aşçı hapşırmak için çok meşguldü
and the large cat did not seem to mind the pepper
Ve büyük kedi biberi umursamıyor gibiydi
instead, the large cat was grinning from ear to ear
Bunun yerine, büyük kedi kulaktan kulağa sırıtıyordu
"Please would you tell me," said Alice, a little timidly
"Lütfen bana söyler misin," dedi Alice biraz çekingen bir şekilde
"why is your cat grinning like that?"
"Kediniz neden böyle sırıtıyor?"
"It's a Cheshire-Cat," said the Duchess
"Bu bir Cheshire Kedisi," dedi Düşes

"and that's why he's grinning from ear to ear"
"İşte bu yüzden kulaktan kulağa sırıtıyor"
"I didn't know that a Cheshire-Cat always grinned"
"Bir Cheshire Kedisinin her zaman sırıttığını bilmiyordum"
"in fact, I didn't know that cats could grin," said Alice
"Aslında, kedilerin sırıtabileceğini bilmiyordum," dedi Alice
"there is much you don't know," said the Duchess
"Bilmediğin çok şey var," dedi Düşes
"there is much you don't know and that's a fact"
"Bilmediğin çok şey var ve bu bir gerçek"
Just then the cook took the caldron of soup off the fire
Tam o sırada aşçı çorba kazanını ateşten aldı
and at once she started throwing everything within her reach
Ve bir anda ulaşabileceği her şeyi fırlatmaya başladı
she threw everything she could at the Duchess and the babe
Düşes'e ve bebeğe atabileceği her şeyi fırlattı
first she threw the fire-irons
Önce ateş demirlerini attı
then she threw a handful of saucepans
Sonra bir avuç tencere fırlattı
and finally she threw the plates and dishes
Ve sonunda tabakları ve tabakları fırlattı
The Duchess took no notice of her
Düşes onu hiç dikkate almadı
even when she was hit by a plate she did not worry
Bir tabak tarafından vurulduğunda bile endişelenmedi
the baby was already howling so much
bebek zaten çok fazla uluyordu
so it was impossible to say whether the blows hurt the baby
or not
Bu yüzden darbelerin bebeğe zarar verip vermediğini
söylemek imkansızdı
"Oh, please mind what you're doing!" cried Alice
"Ah, lütfen ne yaptığına dikkat et!" diye bağırdı Alice
and she jumped up and down in an agony of terror
Ve dehşet içinde bir aşağı bir yukarı zıpladı
the Duchess offered Alice the baby

Düşes, Alice'e bebeği teklif etti
"Here! You may nurse the baby a bit, if you like!"
"İşte! İstersen bebeği biraz emzirebilirsin!"
and she flung the baby at her as she spoke
Ve konuşurken bebeği ona fırlattı
"I must go and get ready to play croquet with the queen"
"Gidip kraliçeyle kroket oynamaya hazırlanmalıyım"
and she hurried out of the room
Ve aceleyle odadan çıktı
Alice caught the baby with some difficulty
Alice bebeği biraz zorlukla yakaladı
because it was a very odd-shaped little creature
Çünkü çok tuhaf şekilli küçük bir yaratıktı
and the baby held out its arms and legs in all directions
Ve bebek kollarını ve bacaklarını her yöne uzattı
"I better take this child away with me," thought Alice
"Bu çocuğu yanımda götürsem iyi olur," diye düşündü Alice
"they're sure to kill this baby in a day or two"
"Bu bebeği bir veya iki gün içinde öldürecekleri kesin"
"Wouldn't it be murder to leave this baby behind?"
"Bu bebeği geride bırakmak cinayet olmaz mıydı?"
She said the last words out loud
Son sözleri yüksek sesle söyledi
and the little thing grunted in reply
Ve küçük şey cevap olarak homurdandı
"you best not turn into a pig, my dear," said Alice
"Domuza dönüşmesen iyi eder, sevgilim," dedi Alice
"or else I'll have nothing more to do with you"
"yoksa seninle daha fazla işim olmayacak"
Alice was just beginning to think to herself:
Alice kendi kendine düşünmeye başlamıştı:
**"Now, what am I to do with this creature, when I get it
home?"**
"Şimdi, onu eve getirdiğimde bu yaratıkla ne yapacağım?"
but then the little creature grunted a little violently
Ama sonra küçük yaratık biraz şiddetle homurdandı
and Alice looked down into its face in some alarm

ve Alice biraz telaşla adamın yüzüne baktı
This time there could be no mistake about it
Bu sefer bunda bir hata olamazdı
it was neither more nor less than a pig
bir domuzdan ne fazla ne de eksikti
so she set the little creature down
Bu yüzden küçük yaratığı yere koydu
and the little creature trot away quietly into the wood
Ve küçük yaratık sessizce ormana doğru yürüdü
Alice felt quite relieved to see the creature go
Alice, yaratığın gittiğini görünce oldukça rahatlamış hissetti
Alice was a little startled by seeing the Cheshire-Cat
Alice, Cheshire Kedisi'ni görünce biraz şaşırdı
it was sitting on a bough of a tree a few yards off
Birkaç metre ötede bir ağacın dalında oturuyordu
The cat only grinned when it saw her
Kedi onu gördüğünde sadece sırıttı
"Cheshire-cat," began Alice, rather timidly
"Cheshire kedisi," diye başladı Alice, oldukça çekingen bir şekilde
"would you please tell me which way I ought to go from here?"
"Lütfen bana buradan hangi yoldan gitmem gerektiğini söyler misin?"
"In that direction," the cat said
"O yönde," dedi kedi
and it waved the right paw around
Ve sağ pençesini salladı
"In that direction lives a maker of hats"
"Bu yönde bir şapka yapımcısı yaşıyor"
and then the cat waved its other paw
Ve sonra kedi diğer pençesini salladı
"and in that direction lives a march hare"
"Ve o yönde bir yürüyüş tavşanı yaşıyor"
"Visit either you like; they're both mad"
"İstediğin birini ziyaret et; İkisi de deli"
"But I don't want to go among mad people," Alice remarked

"Ama ben delilerin arasına girmek istemiyorum," dedi Alice
"Oh, you can't help that," said the Cat
"Ah, buna engel olamazsın," dedi Kedi
"we're all mad here"
"Burada hepimiz deliyiz"
"are you playing croquet with the queen today?"
"Bugün kraliçeyle kroket mi oynuyorsun?"
"I would like to very much," said Alice
"Çok isterim," dedi Alice
"but I haven't been invited yet"
"ama henüz davet edilmedim"
"You'll see me there," said the Cat
"Beni orada göreceksin," dedi Kedi
and from one moment to the next the cat vanished
Ve bir andan diğerine kedi ortadan kayboldu
soon Alice got in sight of the house of the march hare
kısa süre sonra Alice, yürüyüş tavşanının evini gördü
this was a very large house
Burası çok büyük bir evdi
so Alice did not want to go near the house
bu yüzden Alice evin yanına gitmek istemedi
**first she had to nibble some more of the left side bit of
mushroom**
Önce sol taraftaki mantar parçasından biraz daha kemirmesi
gerekiyordu

a mad tea-party
Çılgın bir çay partisi
In front of the house there was a tree
Evin önünde bir ağaç vardı
and under the tree there was a table
Ve ağacın altında bir masa vardı
and the table was set with all sorts of cutlery
Ve masa her türlü çatal bıçak takımı ile kuruldu
the march hare and the hat maker were at the table
Mart tavşanı ve şapkacı masadaydı
and together they were having tea
Ve birlikte çay içiyorlardı
a dormouse was sitting between them
Aralarında bir fındık faresi oturuyordu
and the dormouse was fast asleep
Ve fındık faresi derin bir uykudaydı
The table was of extraordinary size
Masa olağanüstü büyüklükteydi
but most of the table was unoccupied
Ancak masanın çoğu boştu
they sat crowded together at one corner of the table
Masanın bir köşesinde kalabalık bir şekilde oturdular
and yet they made excuses when they saw Alice
ve yine de Alice'i gördüklerinde bahaneler uydurdular
"No room! No room!" they cried out
"Yer yok! Yer yok!" diye bağırdılar
"There's plenty of room!" said Alice indignantly
"Bol bol yer var!" dedi Alice kızgınlıkla
at one end of the table there was a large arm-chair
Masanın bir ucunda büyük bir koltuk vardı
and Alice sat herself in the armchair
ve Alice koltuğa oturdu
the hat maker opened his eyes very wide
Şapkacı gözlerini kocaman açtı
he couldn't believe what he was seeing
Gördüklerine inanamadı
but his mind was curious about other things

Ama aklı başka şeyleri merak ediyordu
"Why is a raven like a writing-desk?"
"Bir kuzgun neden yazı masası gibidir?"
Alice was open to the challenge
Alice bu meydan okumaya açıktı
"I'm glad they've begun asking riddles"
"Bilmeceler sormaya başladıklarına sevindim"
"I believe I can guess that," she added aloud
"Bunu tahmin edebileceğime inanıyorum," diye ekledi yüksek
sesle
The march hare grew curious about Alice
Yürüyen tavşan Alice'i merak etmeye başladı
"Do you really think you can find the answer?"
"Gerçekten cevabı bulabileceğinizi düşünüyor musunuz?"
"I think I can find the answer indeed," said Alice
"Sanırım cevabı gerçekten bulabilirim," dedi Alice
**"Then you should say what you mean," the march hare went
on**
"O zaman ne demek istediğini söylemelisin," diye devam etti
yürüyüş tavşanı
"I do say what I mean," Alice hastily replied
"Ne demek istediğimi söylüyorum," diye yanıtladı Alice
aceleyle.
"at the very least I mean what I say"
"en azından ne dediğimi kastediyorum"
"that's the same thing, you know"
"Bu aynı şey, biliyorsun"
the dormouse also contributed to the conversation
Fındık faresi de sohbete katkıda bulundu
but the dormouse seemed to be talking in its sleep
Ama fındık faresi uykusunda konuşuyor gibiydi
"I breathe when I sleep"
"Uyuduğumda nefes alıyorum"
"I sleep when I breathe!"
"Nefes aldığımda uyurum!"
"you might as well say they are the same too"
"Onların da aynı olduğunu söyleyebilirsiniz"

"It is the same thing with you," said the hat maker
"Seninle de aynı şey geçerli," dedi şapkacı
and he poured a little tea on the dormouse's nose
Ve fındık faresinin burnuna biraz çay döktü
The Dormouse shook its head impatiently
Fındık Faresi sabırsızlıkla başını salladı
and again the dormouse spoke, without opening its eyes
Ve fındık faresi yine gözlerini açmadan konuştu
"Of course, of course it is the same"
"Tabii ki, tabii ki aynı"
"that's just what I was going to say myself"
"sadece kendim söyleyeceğim şey buydu"

The hat maker turned to Alice and asked another question
Şapkacı Alice'e döndü ve başka bir soru sordu
"Have you guessed the riddle yet?"
"Bilmeceyi henüz tahmin ettin mi?"
"No, I give up," Alice conceded
"Hayır, pes ediyorum," diye kabul etti Alice
"What's the answer?" she wanted to know

"Cevap nedir?" diye sordu
"I haven't the slightest idea," said the hat maker
"En ufak bir fikrim yok," dedi şapkacı
"Nor do I know," said the march hare
"Ben de bilmiyorum," dedi yürüyüş tavşanı
Alice gave a weary sigh
Alice yorgun bir iç çekti
"there are better uses of time than riddles without answers"
"Zamanın, cevapsız bilmecelerden daha iyi kullanımları vardır"
"have some more tea," the march hare said to Alice, very earnestly
"Biraz daha çay iç," dedi yürüyüş tavşanı Alice'e büyük bir ciddiyetle
Alice was quite offended by the offer
Alice bu teklife oldukça gücenmişti
"I've had not had tea yet," Alice replied
"Henüz çay içmedim," diye yanıtladı Alice
"therefore I can't have any more tea"
"bu yüzden daha fazla çay içemiyorum"
"You mean you can't have less tea," said the hat maker
"Yani daha az çay içemezsin," dedi şapka yapımcısı
"it's very easy to take more than nothing"
"Hiç yoktan fazlasını almak çok kolay"
At this, Alice got up and walked off
Bunun üzerine Alice ayağa kalktı ve yürüdü
The dormouse fell asleep instantly
Fındık faresi anında uykuya daldı
and neither of the others took the least notice of her going
Ve diğerleri de onun gidişine en ufak bir dikkat çekmedi
though she looked back once or twice
Bir ya da iki kez geriye bakmasına rağmen
they were trying to put the dormouse into the tea-pot
Fındık faresini çaydanlığın içine koymaya çalışıyorlardı
"At any rate, I'll never go there again!" said Alice
"Her halükarda, oraya bir daha asla gitmeyeceğim!" dedi Alice
and she walked her way through the woods

Ve ormanda yoluna devam etti
"that was the stupidest tea-party I've ever been to"
"Bu şimdiye kadar bulunduğum en aptalca çay partisiydi"
Just as she said this, she noticed something
Tam bunu söylerken bir şey fark etti
one of the trees had a door leading right into it
Ağaçlardan birinin tam içine açılan bir kapısı vardı
"That's very interesting!" she thought
"Bu çok ilginç!" diye düşündü
"I think I may as well go through the door"
"Sanırım ben de kapıdan geçebilirim"
And through the door she went
Ve kapıdan içeri girdi
Once more she found herself in the long hall
Bir kez daha kendini uzun koridorda buldu
again she was close to the little glass table
Yine küçük cam masaya yakındı
she took the little golden key
Küçük altın anahtarı aldı
and she unlocked the door that led into the garden
Ve bahçeye açılan kapının kilidini açtı
Then she set to work nibbling at the mushroom
Sonra mantarı kemirerek işe koyuldu
she had kept a piece of the mushroom in her pocket
Mantarın bir parçasını cebinde tutmuştu
and finally she was about a metre tall
Ve sonunda yaklaşık bir metre boyundaydı
then she walked down the little corridor
Sonra küçük koridorda yürüdü
and then she finally found herself in the beautiful garden
Ve sonunda kendini güzel bahçede buldu
and she was among the bright flower and the cool fountains
Ve o, parlak çiçeklerin ve serin çeşmelerin arasındaydı

The queen's croquet ground
Kraliçenin kroket zemini

A large rose-tree stood near the entrance of the garden
Bahçenin girişine yakın bir yerde büyük bir gül ağacı duruyordu
the roses growing on the tree were white
Ağaçta yetişen güller beyazdı
but there were three gardeners painting the rose
Ama gülü boyayan üç bahçıvan vardı
they were busily painting the roses red
Gülleri kırmızıya boyamakla meşguldüler
and Alice was watching them paint the roses red
ve Alice onların gülleri kırmızıya boyamasını izliyordu
and suddenly their eyes chanced to fall upon Alice
ve aniden gözleri tesadüfen Alice'e takıldı
Alice spoke a little timidly
Alice biraz çekingen bir şekilde konuştu
"Would you tell me, please;"
"Bana söyler misin lütfen;"
"why are you all painting those roses?"
"Neden hepiniz o gülleri boyuyorsunuz?"
five and seven said nothing, but looked at two
Beş ve yedi hiçbir şey söylemedi, ama ikisine baktı
two spoke, in a low voice
iki kişi kısık bir sesle konuştu
"Why, the fact is, you see, madam"
"Neden, gerçek şu ki, görüyorsunuz hanımefendi"
"this here ought to have been a red rose-tree"
"Burası kırmızı bir gül ağacı olmalıydı"
"and we put a white rose-tree in by mistake"
"Ve yanlışlıkla beyaz bir gül ağacı koyduk"
"as you would agree, the queen must not find out"
"Kabul edeceğiniz gibi, kraliçe öğrenmemeli"
"else we would all have our heads cut off"
"Aksi takdirde hepimizin kafası kesilirdi"
"So you see, madam, we're doing our best"
"Görüyorsunuz hanımefendi, elimizden gelenin en iyisini

yapıyoruz"
card five had been anxiously looking across the garden
Beşinci kart endişeyle bahçeye bakıyordu.
At this moment card five called out, "The queen! The queen!"
O anda beşinci kart seslendi, "Kraliçe! Kraliçe!"
and the three gardeners instantly scurried away
Ve üç bahçıvan hemen koşarak uzaklaştı
and they threw themselves flat upon their faces
ve kendilerini yüzüstü yere attılar
There was a sound of many footsteps
Birçok ayak sesi duyuldu
Alice looked around, eager to see the queen
Alice kraliçeyi görmek için sabırsızlanarak etrafına bakındı
At the start of the procession were ten soldiers
Alayın başında on asker vardı
their hands and feet were in the corners
Elleri ve ayakları köşelerdeydi
and in their hands and feet were clubs
ve ellerinde ve ayaklarında sopalar vardı
next came the ten courtiers
Sonra on saray mensubu geldi
the courtiers were ornamented all over with diamonds
Saray mensuplarının her tarafı elmaslarla süslenmişti
After the courtiers came the royal children
Saray mensuplarından sonra kraliyet çocukları geldi
there were ten of the royal children
Kraliyet çocuklarından on tane vardı
and all the royal children were ornamented with hearts
ve tüm kraliyet çocukları kalplerle süslendi
Next came the guests; mostly kings and queens
Sonra misafirler geldi; Çoğunlukla krallar ve kraliçeler
and among the kings and queen Alice saw someone
ve krallar ve kraliçe Alice arasında birini gördü
she saw again the white rabbit she had chased
Kovaladığı beyaz tavşanı tekrar gördü
The procession was followed the knave of hearts

Alay, kalplerin knave'sini takip etti
he was carrying the king's crown
Kralın tacını taşıyordu
and the king's crown was on a crimson velvet cushion
Ve kralın tacı kıpkırmızı kadife bir minder üzerindeydi
and then came the end of this grand procession
Ve sonra bu büyük alayın sonu geldi
and there at the end were the king and queen of hearts
Ve sonunda Kupaların Kralı ve Kraliçesi vardı
the procession came opposite to Alice
alay Alice'in karşısına geldi
and they all stopped and looked at her
Ve hepsi durdu ve ona baktı
and the queen said severely, "Who is this?"
Kraliçe sert bir sesle, "Bu kim?" diye sordu.
She said it to the Knave of Hearts
Bunu Kalplerin Knave'sine söyledi
but he just bowed and smiled in reply
Ama o sadece eğildi ve cevap olarak gülümsedi
Alice spoke very politely
Alice çok kibar bir şekilde konuştu
"My name is Alice, so please your majesty"
"Benim adım Alice, bu yüzden lütfen majesteleri"
but she had other thoughts to herself
Ama kendine başka düşünceleri vardı
"they're only a pack of cards, after all!"
"Ne de olsa onlar sadece bir deste kart!"
"Can you play croquet?" shouted the queen
"Kroket oynayabilir misin?" diye bağırdı kraliçe
The question was evidently meant for Alice
Soru belli ki Alice içindi
"Yes!" said Alice loudly
"Evet!" dedi Alice yüksek sesle
"Come play then!" roared the queen
"Gel o zaman oyna!" diye kükredi kraliçe
a timid voice spoke to Alice
ürkek bir ses Alice'e konuştu

"it's a very fine day!"
"Çok güzel bir gün!"
She was walking by the white rabbit
Beyaz tavşanın yanından geçiyordu
and the White Rabbit was peeping anxiously into her face
ve Beyaz Tavşan endişeyle onun yüzünü gözetliyordu
"a very fine day indeed," confirmed Alice
"Gerçekten çok güzel bir gün," diye onayladı Alice
"Where's the duchess?"
"Düşes nerede?"
"Hush! Hush!" said the Rabbit
"Şş Sus!" dedi Tavşan
"She's under sentence of execution"
"İdam cezası altında"
"What is she being executed for?" asked Alice
"Ne için idam ediliyor?" diye sordu Alice
"She scuffed the queen's ears," the rabbit began
"Kraliçenin kulaklarını ovuşturdu," diye başladı tavşan
the queen shouted in a voice of thunder
Kraliçe gök gürültüsü gibi bir sesle bağırdı
"Get to your places!"
"Yerlerinize gidin!"
and people began running about in all directions
Ve insanlar her yöne koşmaya başladılar
and they all tumbled up against each other
Ve hepsi birbirine çarptı
However, they got settled down in a minute or two
Ancak bir veya iki dakika içinde yerleştiler
and then the game began
Ve sonra oyun başladı
Alice had never seen such a curious croquet ground
Alice hiç bu kadar ilginç bir kroket zemini görmemişti
the grass was all ridges and furrows
Çimlerin hepsi sırtlar ve oluklardı
The croquet balls were real hedgehogs
Kroket topları gerçek kirpiydi
and the mallets were real flamingos

Ve tokmaklar gerçek flamingolardı.
and the soldiers stood on their hands and feet
Askerler elleri ve ayakları üzerinde durdular
because the arches was made from their bodies
Çünkü kemerler vücutlarından yapılmıştır
The players all played at once
Oyuncuların hepsi aynı anda oynadı
nobody waited for their turns
Kimse sırasını beklemedi
and everyone quarrelled with everyone
Ve herkes herkesle kavga etti
and all were fighting for the hedgehogs
Ve hepsi kirpi için savaşıyordu
soon the queen was in a furious passion
Kısa süre sonra Kraliçe öfkeli bir tutku içindeydi
and she started stamping about and shouting
Ve etrafta dolaşmaya ve bağırmaya başladı
"Chop off his head!"
"Kafasını kes!"
"Chop off her head!"
"Kafasını kes!"
"Chop all their heads off!"
"Bütün kafalarını kes!"
Again Alice thought to herself
Alice bir kez daha kendi kendine düşündü
"They're dreadfully fond of beheading people here"
"Buradaki insanların kafasını kesmeyi çok seviyorlar"
"the great wonder is that there's anyone left alive!"
"En büyük mucize, hayatta kalan birinin olması!"
She was looking about for some way of escape
Bir kaçış yolu arıyordu
she noticed a curious appearance in the air
Havada meraklı bir görünüm fark etti
"It's the Cheshire-cat," she said to herself
"Bu Cheshire kedisi," dedi kendi kendine
"now I shall have somebody to talk to"
"şimdi konuşacak birileri olacak"

"How are you getting on?" said the cat
"Nasılsın?" dedi kedi
"I don't think they play at all fairly," Alice said
"Hiç de adil bir şekilde oynadıklarını düşünmüyorum," dedi
Alice
and she had a rather complaining tone
Ve oldukça şikayetçi bir ses tonu vardı
"they all quarrel so dreadfully"
"Hepsi çok korkunç bir şekilde kavga ediyor"
"one can't hear oneself speak"
"İnsan kendini konuştuğunu duyamıyor"
"and they don't seem to play by any rules"
"Ve herhangi bir kurala göre oynamıyor gibi görünüyorlar"
the cat asked Alice a question in a low voice
kedi Alice'e kısık bir sesle bir soru sordu
"How do you like the queen?"
"Kraliçeyi nasıl buldun?"
"I don't like her at all," said Alice
"Ondan hiç hoşlanmıyorum," dedi Alice

Alice thought she might as well go back
Alice geri dönebileceğini düşündü
she wanted to see how the game was going
Oyunun nasıl gittiğini görmek istedi
she went off in search of her hedgehog
Kirpisini aramak için yola çıktı
The hedgehog was busy fighting another hedgehog
Kirpi başka bir kirpi ile savaşmakla meşguldü
this was an excellent opportunity
Bu mükemmel bir fırsattı
she could croquet one hedgehog with the other
Bir kirpiyi diğeriyle kroketleyebilirdi
but her flamingo was on the other side of the garden
Ama flamingosu bahçenin diğer tarafındaydı
the flamingo was rather clumsy
Flamingo oldukça beceriksizdi
her flamingo was trying to fly up into a tree
Flamingo köpeği bir ağaca doğru uçmaya çalışıyordu
She caught the flamingo by the leg
Flamingoyu bacağından yakaladı
and she tucked the flamingo away under her arm
Ve flamingoyu kolunun altına soktu
that way the flamingo couldn't escape again
Bu şekilde flamingo bir daha kaçamazdı
Just then Alice happened to meet the duchess
Tam o sırada Alice düşesle tanıştı
The duchess was now out of prison
Düşes artık hapisten çıkmıştı
She tucked her arm affectionately under Alice's arm
Kolunu sevgiyle Alice'in kolunun altına soktu
and then they walked off together
Ve sonra birlikte yürüdüler
Alice was very glad to find her in such a pleasant temper
Alice, onu bu kadar hoş bir huyda bulduğu için çok mutluydu
She was a little startled, however
Ancak biraz şaşırmıştı
she heard the voice of the duchess close to her ear

Düşesin sesini kulağına yakın bir yerde duydu
"You're thinking about something, my dear"
"Bir şey düşünüyorsun canım"
"and that makes you forget to talk"
"Ve bu sana konuşmayı unutturuyor"
"The game's going on rather better now," Alice said
"Oyun şimdi daha iyi gidiyor," dedi Alice
it was one way of keeping the conversation going
Sohbeti devam ettirmenin bir yoluydu
"it is so indeed," said the duchess
"Gerçekten de öyle," dedi Düşes
"and the moral of that is this:"
"Ve bundan çıkarılacak ders şudur:"
"It is love that does it all!"
"Her şeyi yapan aşktır!"
"Love is what makes the world go around"
"Aşk, dünyayı döndüren şeydir"
Alice had another explanation
Alice'in başka bir açıklaması vardı
"it's done by everybody minding his own business!"
"Bu, herkesin kendi işine bakması tarafından yapılır!"
"Ah, well! You could be right"
"Ah, peki! Haklı olabilirsin"
"It all means much the same thing," said the Duchess
"Hepsi aynı anlama geliyor," dedi Düşes
and she dug her sharp little chin into Alice's shoulder
ve keskin küçük çenesini Alice'in omzuna soktu
"and the moral of that is this"
"Ve bunun ahlaki yönü şudur"
"Take care of the sense"
"Duyuya iyi bak"
"and then the sounds will take care of themselves"
"Ve sonra sesler kendi başının çaresine bakacak"
but then the duchess's arm began to tremble
Ama sonra düşesin kolu titremeye başladı
Alice looked up and there stood the queen
Alice başını kaldırdı ve kraliçe orada duruyordu

the queen had her arms folded
Kraliçe kollarını kavuşturmuştu
and she was frowning like a thunderstorm!
Ve bir fırtına gibi kaşlarını çattı!
"I give you fair warning," shouted the queen
"Seni adil bir şekilde uyarıyorum," diye bağırdı kraliçe
and she stomped on the ground as she spoke
Ve konuşurken yere bastı
"either your head or her head must be off"
"Ya senin kafan ya da onun kafası kapalı olmalı"
"Take your choice!"
"Seçimini yap!"
"and be quick about it"
"Ve bu konuda hızlı olun"
The duchess made her choice
Düşes seçimini yaptı
and within a moment the duchess was gone
Ve bir dakika içinde düşes gitti
Then the queen spoke to Alice
Sonra kraliçe Alice ile konuştu
"Let's go on with the game"
"Hadi oyuna devam edelim"
Alice was too frightened to say a word
Alice tek kelime edemeyecek kadar korkmuştu
and she slowly followed her back to the croquet-ground
Ve yavaşça onu kroket alanına kadar takip etti
the whole time the queen quarrelled with the other players
Bütün zaman boyunca kraliçe diğer oyuncularla tartıştı
"Chop off his head!"
"Kafasını kes!"
"Chop off her head!"
"Kafasını kes!"
"Chop all their heads off!"
"Bütün kafalarını kes!"
soon all the players were in custody
Kısa süre sonra tüm oyuncular gözaltına alındı
only the king, the queen, and Alice remained

sadece kral, kraliçe ve Alice kaldı
Then the queen left, quite out of breath
Sonra kraliçe nefes nefese kaldı
and she walked away with Alice
ve Alice ile birlikte uzaklaştı
Alice heard the king quietly say something
Alice, kralın sessizce bir şeyler söylediğini duydu
"You are all pardoned"
"Hepiniz affedildiniz"
but suddenly there was another cry heard
Ama aniden başka bir çığlık duyuldu
"The trial is beginning!"
"Duruşma başlıyor!"
and Alice ran along with the others
ve Alice de diğerleriyle birlikte koştu

who stole the tarts?

Turtaları kim çaldı?

The king and queen of hearts were seated

Kalplerin kralı ve kraliçesi oturuyordu

they were on their throne when Alice arrived

Alice geldiğinde tahtlarındaydılar

there was a great crowd assembled around them

Etraflarında büyük bir kalabalık toplanmıştı

there were all sorts of little birds and beasts

Her türden küçük kuş ve canavar vardı

and there was the whole pack of cards

Ve bütün bir kart destesi vardı

the knave was standing in front of them, in chains

Soylu önlerinde zincire vurulmuş duruyordu

and there was a soldier on each side to guard him

ve her iki yanında onu korumak için bir asker vardı

near the King was the white rabbit

Kralın yanında beyaz tavşan vardı

he had a trumpet in one hand

Bir elinde trompet vardı

and he had a scroll of parchment in the other hand

Diğer elinde bir parşömen tomarı vardı

In the very middle of the court was a table

Avlunun tam ortasında bir masa vardı

on the table was a large dish of tarts

Masanın üzerinde büyük bir tabak turta vardı

"I wish they'd get the trial done," Alice thought

"Keşke denemeyi bitirselerdi," diye düşündü Alice

"then we could eat some of those refreshments!"

"O zaman o içeceklerden biraz yiyebiliriz!"

The judge, by the way, was the king
Bu arada yargıç kraldı
and he wore his crown over his great wig
Ve tacını büyük peruğunun üzerine taktı
"That's the jury-box," thought Alice
"İşte jüri kutusu," diye düşündü Alice
"and those twelve creatures, I suppose they are the jurors"
"ve bu on iki yaratık, sanırım onlar jüri üyeleri"
some were animals, and some were birds
Bazıları hayvandı, bazıları kuştu
Just then the white rabbit cried out
Tam o sırada beyaz tavşan bağırdı
"Silence in the court!"
"Mahkemede sessizlik!"
"Herald, read the accusation!" said the king
"Müjdeci, suçlamayı oku!" dedi kral
the white rabbit blew three blasts on the trumpet
Beyaz tavşan trompette üç patlama yaptı
then he unrolled the parchment-scroll

Sonra parşömen parşömenini açtı
and he read as follows:
Ve şöyle okudu:
"The queen of hearts, she made some tarts,"
"Kalplerin kraliçesi, biraz turta yaptı"
"All this she did on a summer day"
"Bütün bunları bir yaz gününde yaptı"
"The knave of hearts, he stole those tarts"
"Gönüllerin ustası, o turtaları çaldı"
"And he took those tarts far away!"
"Ve o turtaları çok uzaklara götürdü!"
"Call the first witness," said the king
"İlk tanığı çağırın," dedi kral
and the white rabbit blew three blasts on the trumpet
Ve beyaz tavşan trompette üç patlama yaptı
"bring the first witness!" he called out
"İlk tanığı getirin!" diye bağırdı
The first witness was the hat maker
İlk tanık şapka yapımcısıydı
he came in with a teacup in one hand
Bir elinde çay fincanı ile içeri girdi
and he had a piece of bread and butter in the other hand
Diğer elinde de bir parça ekmek ve tereyağı vardı
"You ought to have finished," said the King
"Bitirmeliydin," dedi Kral
"When did you begin?"
"Ne zaman başladın?"
The hat maker looked at the march hare
Şapkacı yürüyüş tavşanına baktı
the march hare had followed him into the court
Mart tavşanı onu mahkemeye kadar takip etmişti
he had walked arm in arm with the dormouse
Fındık faresi ile kol kola yürümüştü
"Fourteenth of March, I think it was," he said
"Sanırım Mart'ın on dördüydü," dedi
"Give your evidence," said the king
"Kanıtını ver," dedi kral

"and don't be nervous, or I'll have you executed on the spot"
"ve gergin olma, yoksa seni oracıkta idam ettiririm"
This did not seem to encourage the witness at all
Bu, tanığı hiç cesaretlendirmiyor gibi görünüyordu
he kept shifting from one foot to the other
Bir ayağından diğerine geçmeye devam etti
and he looked uneasily at the queen
Ve huzursuz bir şekilde kraliçeye baktı
and, in his confusion, he bit a large piece out of his teacup
Ve şaşkınlık içinde çay fincanından büyük bir parça ısırdı
really he meant to bite from his bread and butter
Gerçekten ekmeğinden ve tereyağından ısırmak istedi
Just at this moment Alice felt a very curious sensation
Tam o anda Alice çok tuhaf bir his hissetti
she was beginning to grow larger again
Tekrar büyümeye başlamıştı
The miserable hat maker dropped his teacup
Sefil şapkacı çay fincanını düşürdü
and the bread and butter fell to the ground
Ve ekmek ve tereyağı yere düştü
and he went down on one knee
Ve tek dizinin üzerine çöktü
"I'm a poor man, your majesty," he began
"Ben fakir bir adamım, majesteleri," diye başladı
"You're a very poor speaker," said the king
"Sen çok kötü bir konuşmacısın," dedi kral
"You may go," said the king
"Gidebilirsin," dedi kral
and the hat maker hurriedly left the court
Ve şapkacı aceleyle mahkemeyi terk etti
"Call the next witness!" said the king
"Bir sonraki tanığı çağırın!" dedi kral
The next witness was the duchess's cook
Bir sonraki tanık düşesin aşçısıydı
She carried the pepper-box in her hand
Biber kutusunu elinde taşıyordu
and the people near the door began sneezing all at once

Ve kapının yanındaki insanlar bir anda hapşırmaya başladılar
"Give your evidence," said the king
"Kanıtını ver," dedi kral
"I shall give no evidence," said the cook
"Hiçbir kanıt sunmayacağım," dedi aşçı
The king looked anxiously at the white rabbit
Kral endişeyle beyaz tavşana baktı
and the white rabbit spoke in a quiet voice
Ve beyaz tavşan sakin bir sesle konuştu
"your majesty must cross-examine this witness"
"Majesteleri bu tanığı çapraz sorguya çekmelidir"
"Well, if I must, I must," the king said
"Eh, eğer yapmam gerekiyorsa, yapmalıyım," dedi kral
"What are tarts made of?"
"Turtalar neyden yapılır?"
"tarts are made of pepper, mostly," said the cook
"Turtalar çoğunlukla biberden yapılır," dedi aşçı
For some minutes the whole court was in confusion
Birkaç dakika boyunca tüm mahkeme şaşkınlık içindeydi
eventually they all settled down again
Sonunda hepsi tekrar yerleşti
but by then the cook had disappeared
Ama o zamana kadar aşçı ortadan kaybolmuştu
"Never mind!" said the king
"Boş ver!" dedi kral
"call to the stand the next witness"
"Bir sonraki tanığı kürsüye çağırın"
Alice watched the white rabbit as he fumbled over the list
Alice, listeyi karıştırırken beyaz tavşanı izledi
you can imagine her surprise at what she heard next
Daha sonra duyduklarına şaşırdığını tahmin edebilirsiniz
at the top of his shrill little voice, he called the name "Alice!"
tiz küçük sesinin zirvesinde "Alice!" adını çağırdı.

"Here!" cried Alice
"İşte!" diye bağırdı Alice
She jumped up in a great hurry
Büyük bir aceleyle ayağa fırladı
and she tipped over the jury-box
Ve jüri locasını devirdi
and she knocked over all the jurymen
Ve tüm jüri üyelerini devirdi
and they fell on to the heads of the crowd below
ve aşağıdaki kalabalığın başlarına düştüler
Alice was in great dismay
Alice büyük bir dehşet içindeydi
"Oh, I beg your pardon!" she exclaimed
"Ah, özür dilerim!" diye bağırdı
"The trial cannot proceed," said the king
"Dava devam edemez," dedi kral
"the jurymen must get back in their proper places"
"Jüri üyeleri yerli yerlerine dönmeli"
he repeated the order with great emphasis
Emri büyük bir vurguyla tekrarladı
and he looked at Alice sternly
ve Alice'e sert bir şekilde baktı
**"What do you know about these events?" the king asked
Alice**
"Bu olaylar hakkında ne biliyorsun?" diye sordu kral Alice'e
"I know nothing on the subject," said Alice
"Bu konuda hiçbir şey bilmiyorum," dedi Alice
The king then read from his book
Kral daha sonra kitabından okudu
"Rule forty two"
"Kural kırk iki"
"All persons more than a mile high are to leave the court"
"Bir milden daha yüksek olan herkes mahkemeyi terk etmeli"
"I'm not a mile high," said Alice
"Bir mil yüksekliğimde değilim," dedi Alice

"Nearly two miles high," said the Queen
"Neredeyse iki mil yüksekliğinde," dedi Kraliçe

"Well, I refuse to go," said Alice
"Eh, gitmeyi reddediyorum," dedi Alice
The king turned pale
Kral sarardı
and he shut his note-book hastily
Ve not defterini aceleyle kapattı
"Consider your verdict," he said to the jury
"Kararınızı düşünün," dedi jüriye
he spoke in a low, trembling voice
Alçak, titreyen bir sesle konuştu
then the white rabbit spoke
Sonra beyaz tavşan konuştu
"There's more evidence to come yet"
"Henüz gelecek daha fazla kanıt var"
and he jumped up in a great hurry
Ve büyük bir aceleyle ayağa fırladı
"This paper has just been picked up"

"Bu kağıt yeni alındı"
"It seems to be a letter written by the prisoner"
"Mahkum tarafından yazılmış bir mektup gibi görünüyor"
He unfolded the paper as he spoke
Konuşurken kağıdı açtı
"It isn't a letter, after all"
"Sonuçta bu bir mektup değil"
"what it was was a set of verses"
"Ne olduğu bir dizi ayetti"
"Please, your majesty," said the knave
"Lütfen, majesteleri," dedi usta
"I didn't write those verses"
"O ayetleri ben yazmadım"
"and they can't prove that I wrote anything"
"ve hiçbir şey yazdığımı kanıtlayamazlar"
"there's no name signed at the end"
"Sonunda imzalı bir isim yok"
the king spoke to the knave
Kral knave ile konuştu
"You must have meant to cause some mischief"
"Sen bir fitne çıkarmak istemiş olmalısın"
"else you'd have signed your name like an honest man"
"Aksi takdirde dürüst bir adam gibi imzanızı atardınız"
There was a general clapping of hands
Genel bir el çırpma sesi vardı
and the king turned to the white rabbit
Kral beyaz tavşana döndü
"Read the verses," he ordered
"Ayetleri oku" diye emretti
There was dead silence in the court
Mahkemede ölü bir sessizlik vardı
and the white rabbit read out the verses
Ve beyaz tavşan ayetleri okudu
They told me you had been to her
Bana ona gittiğini söylediler
And they mentioned me to him
Ve ona benden bahsettiler

She gave me a good character
Bana iyi bir karakter verdi
But she said I could not swim
Ama o yüzme bilmediğimi söyledi
He sent them word I had not gone
Onlara gitmediğim haberini gönderdi
We know it to be true
Bunun doğru olduğunu biliyoruz
If she should push the matter on, what would become of you?
Meseleyi devam ettirirse, sana ne olur?
I gave her one, they gave him two
Ona bir tane verdim, iki tane verdiler
You gave us three or more
Bize üç veya daha fazlasını verdin
They all returned from him to you
Hepsi ondan sana döndü
although they were mine before
Daha önce benim olmalarına rağmen
If I or she should chance to be
Eğer ben ya da o olma şansım olursa
If I or she were involved in this affair
Eğer ben ya da o bu olaya karıştıysam
He trusts to you to set them free
Onları özgür bırakman için sana güveniyor
Exactly as we were
Aynen bizim gibi
My notion was that you had been
Benim fikrim şuydu: Sen olmuştun
Before she had this fit
Daha önce bu nöbeti geçirdi
An obstacle that came between
Araya giren bir engel
Him, and ourselves, and it
O, kendimiz ve o
Don't let him know she liked them best
En çok onları sevdiğini bilmesine izin verme

For this must for ever be a secret, kept from all the rest
Çünkü bu, her zaman diğerlerinden saklanan bir sır olmalıdır
This secret must remain a secret between yourself and me
Bu sır seninle benim aramda bir sır olarak kalmalı
the king was very impressed
Kral çok etkilendi
**"That's the most important piece of evidence we've heard
yet"**
"Şimdiye kadar duyduğumuz en önemli kanıt bu"
**"I don't believe those verses carry an atom of meaning,"
objected Alice**
"Bu dizelerin bir anlam atomu taşıdığına inanmıyorum," diye
itiraz etti Alice
the King had his own opinion on the matter
Kralın bu konuda kendi görüşü vardı
**"If there's no meaning in those words, that saves a world of
trouble"**
"Bu kelimelerde bir anlam yoksa, bu bir dünya beladan
kurtarır"
"then we needn't try to find the meaning"
"O zaman anlamı bulmaya çalışmamıza gerek yok"
"Let the jury consider their verdict"
"Jüri kararını değerlendirsin"
"No, no!" said the queen
"Hayır, hayır!" dedi kraliçe
"Sentencing first—verdict afterwards"
"Önce ceza, sonra karar"
"Stuff and nonsense!" said Alice loudly
"Saçmalık ve saçmalık!" dedi Alice yüksek sesle
"how silly it is to sentence the defendant first!"
"Önce sanığı mahkum etmek ne kadar aptalca!"

"Hold your tongue!" said the queen, turning purple
"Dilini tut!" dedi kraliçe, morararak
"I will not hold my tongue!" said Alice
"Dilimi tutmayacağım!" dedi Alice
the queen shouted at the top of her voice
Kraliçe avazı çıktığı kadar bağırdı
"chop off her head!"
"Kafasını kes!"
Nobody made a movement
Kimse bir hareket yapmadı
"Who cares what you say?" said Alice
"Ne dediğin kimin umurunda?" dedi Alice
she had grown to her full size by this time
Bu zamana kadar tam boyutuna ulaşmıştı
"You're nothing but a pack of cards!"
"Sen bir deste karttan başka bir şey değilsin!"
At this, all the cards rose up in the air
Bunun üzerine tüm kartlar havaya kalktı
and all the cards came flying down upon her

Ve tüm kartlar onun üzerine uçtu
she gave a little scream
Küçük bir çığlık attı
she was half afraid, but also angry
Yarı korkmuştu ama aynı zamanda kızgındı
and she tried to fight the cards off of herself
Ve kendi üzerindeki kartlarla savaşmaya çalıştı
and then she found herself lying on the grass bank
Sonra kendini çimlerin kıyısında yatarken buldu
her head was in the lap of her sister
Başı kız kardeşinin kucağındaydı
some dead leaves had landed on her face
Yüzüne bazı ölü yapraklar düşmüştü
and her sister was gently brushing the leaves away
Ve kız kardeşi yaprakları nazikçe fırçalıyordu
"Wake up, Alice dear!" said her sister
"Uyan Alice, canım!" dedi kız kardeşi
"what a long sleep you've had!"
"Ne kadar uzun bir uyku çektin!"
"Oh, I've had such a curious dream!" said Alice
"Ah, çok tuhaf bir rüya gördüm!" dedi Alice
And she told her sister all she could remember
Ve kız kardeşine hatırlayabildiği her şeyi anlattı
all the strange adventures that you have just been reading about
Az önce okuduğun tüm garip maceralar
Alice got up and ran off
Alice ayağa kalktı ve kaçtı
and she thought, while she ran, about her dream
Ve koşarken hayalini düşündü
"what a wonderful dream it had been!"
"Ne harika bir rüyaydı!"

www.ingramcontent.com/pod-product-compliance
Lightning Source LLC
Chambersburg PA
CBHW011050190726
48290CB00011B/3085